跟着妈妈去战斗

——双枪老太婆邓惠中烈士故事

樊希安　著

吉林人民出版社

岁月流不走的思念

——怀念我的妈妈邓惠中烈士

邓叶芸

当黎明的曙光即将照亮雾气朦胧的山城重庆时，“中美特种技术合作所”里响起了罪恶的枪声，国民党特务的子弹夺走了300多名共产党人和爱国志士的宝贵生命。我的妈妈邓惠中和二哥邓诚就是在这次惨不忍睹的大屠杀中壮烈牺牲的。

岁月流逝，随着新中国的兴旺强盛，随着人民生活的日益幸福，我对妈妈、二哥以及无数先烈的怀念和崇敬的感情却与日俱增。因为，在我们如画的江山中，有他们用整个身心描绘的彩笔，先烈们用自己的生命换来了今天的幸福。我深深地知道，多少同志、朋友和我怀有同样的感情，他们挥起激情的笔，写下了英雄们可歌可泣的事迹。我妈妈的战斗故事也因此而广为流传。我，一个烈士的女儿，借此机会谨向大家表示衷心的感谢！

新中国成立以后，杨益言、罗广斌合著的长篇小说《红岩》曾使多少读者感动唏嘘。其中那个疾恶如仇，手使双枪，一举击毙了叛徒甫志高的“双枪老太婆”，给人们留下了深刻的印象。1983 年，当中央人民广播电台传出“有双枪老太婆之称的邓惠中被追认为革命烈士”的消息后，朋友们奔走相告。许多人好奇地问我:你妈妈是怎样投身革命的，她真会使双枪吗？华子良是不是你父亲？一连串的问题表明人们对“双枪老太婆”多么钦佩，多么想知道这个活生生的双枪老太婆的生平和她惊险的战斗历程。

我要坦率地告诉大家，我的妈妈邓惠中在送丈夫去延安参加抗日以后，自己很快参加了党组织，又于解放战争期间，带着自己的儿子邓诚参与组织了著名的华蓥山起义，虽会使枪，但本事不及小说中的“双枪老太婆”。华子良也不是我父亲。小说是允许在反映真实的基础上对典型形象加工润色的，而且可以综合许多生活原型的优点于一个人物。可是给人物写传记是需要真实无误的，对人物虽可浓彩细描，但必须是真实的面貌。

我妈妈的经历并不那样富于传奇色彩，但是，她的一生是坎坷不平的。在祖国生死存亡的关头，在人民处于水深火热之际，她能挺身而出，奉献自己的丈夫，奉献自己的子女，奉献自己毕生精力和生命来拯救国家，解放人民。她是一个有理想、有魄力、不怕吃苦、勇于牺牲的忠贞的共产主义战士，我敬爱我的妈妈。

我是我们家中的幸存者，我亲眼看见我妈妈在努力做这一切的时候是多么不容易。1938 年，妈妈送爸爸到延安抗日后，自己靠着做小学教员的微薄工资养活四口之家。抗战胜利后，她一面开展党的工作，一面抚育我们兄妹三人。我忘不了那些挑灯学习的夜晚，正是妈妈的教育使我明白了做人的道理，在以后一家四口被捕入狱时，经受住了酷刑的考验。

妈妈常对我说，她是一个普通的农村妇女，是党的教育才使她成长为一个共产主义战士。妈妈说的是真心话，她热爱党，忠于党的事业。我懂得，我们和党血肉相连，我要像妈妈那样对党的事业忠贞不渝。

樊希安同志从广播里听到我妈妈被追认为革命烈士的消息后，当天就拎着录音机欣喜地前来采访和慰问，接着又访问了妈妈的领导。他仔细阅读了许多党史资料，写成了《双枪老太婆传》并在《长春日报》上连载，获得了读者的好评。后来，他又到四川走访了一些老同志，在原有文章的基础上加以补充、修改和整理，经过三年的时间，终于写成了这本书。

本书真实地描写了妈妈的整个人生历程。从人物的成长过程中，可以看到革命前辈创业的艰辛，他们为了改变贫穷、落后、任人宰割的旧中国的面貌而英勇斗争，慷慨就义。这些生动的情景会激发我们对社会主义新中国的热爱，鼓励我们在改革开拓的社会主义建设事业中像先烈们那样，为了使人民生活得更加美好而披荆斩棘，奉献自己全部智慧和毕生精力。

我相信，先烈们的光辉形象对我们世世代代将产生巨大的榜样作用和长远的影响。

目　　录

一、硬骨铮铮信仰在

1949年10月1日，中华人民共和国成立了。历史开辟了新纪元，神州大地开始了翻天覆地的巨变。此时祖国的西南尚未解放，国民党的残余势力仍盘踞在这里，做最后挣扎。在重庆歌乐山下的集中营里仍然关押着300多名共产党人和革命志士。这些共产党人和革命志士有的是被长期关押，有的则是最近一两年被押解到这里来的。他们看到了黎明的曙光，为中华人民共和国的成立而欢欣鼓舞，渴望投入新中国的怀抱，去建设，去开发，去享受美好的生活，但他们又都做了最坏的打算，做好了牺牲的准备，因为他们了解敌人的凶残，知道黎明前还有浓重的黑暗。敌人溃逃前的种种迹象，使他们已感到死亡的逼近。在这一特殊的群体中，就有华蓥山武装暴动失败后被捕的邓惠中和她的儿子邓诚，母子俩在这最黑暗的关头经历着生与死的严峻考验。

中国共产党没有忘记仍被关押在这里的优秀儿女和仁人志士，

通过各种渠道进行营救，地下党组织甚至进行了里应外合的劫狱准备，但都因国民党的决绝和严密的看守未能奏效。我有关方面只好请民盟中央主席张澜先生从中斡旋。张澜先生出面后，当局只答应释放少数一些民盟成员，在开具名单时，张澜先生写进了几个共产党人的名字。这些同志身份特殊，既是共产党员，又加入民盟从事进步活动，因此得以在魔窟中脱险。其中重庆生活·读书·新知三联书店总经理仲秋元就是以这种方式脱险的，他出狱后从事新中国文化建设事业，曾担任文化和旅游部副部长，现已退休，以100岁的高龄欢度着幸福的晚年。

但关在渣滓洞监狱和白公馆看守所的绝大多数共产党人和仁人志士却没有这样的幸运。重庆解放前夕，国民党惨遭失败的恼羞成怒和垂死的疯狂交织在一起，邪恶和凶残达到了穷凶极恶的地步。他们不仅指示屠杀现在关押的这批人，还要加紧审讯挖出更多的共产党人，统统将他们杀掉。在这腥风血雨中，一场又一场的杀戮，一次又一次残酷的审讯开始了。

这是一次审讯，是正义和凶残的对垒，也是意志的较量。

邓惠中又一次被带到女牢隔壁的刑讯室。仍是特务头子徐鹏飞出面。

邓惠中1948年9月在岳池县城被捕，当月就被押往渣滓洞监狱。冬去春来，邓惠中和儿子邓诚已经在这个魔窟里度过了一年时光。

一年中邓惠中受过数次审讯，每一次非人的折磨她都熬过来了，决不吐露关于组织上的任何信息。敌人知道在她嘴里问不出什么，已经有一段时间没来审讯了，今天所为何来?

中等个头、因饱受折磨而显得比实际年龄苍老的邓惠中在刑讯室站定，审讯官还没有到，她静静地思考着，做好面对审讯的准备。

此时已进入秋末初冬，但“秋老虎”尚未消退，酷热当头，心里又焦急难耐，徐鹏飞头上大汗淋漓，正要去审讯邓惠中的他，又接到上头催问审讯结果的电话：“她是华蓥山武装暴动的负责人，是煽动起义的‘共匪’头头。从她口中挖出名单,就能将山中的‘共匪’一网打尽！除掉他们，我们的人才好潜伏！”

“她硬是不讲，我又有什么办法？”徐鹏飞嘟哝一句，对方立即呵斥道:“办法你去想，还跟我要办法吗！”撂下电话，又急又恼的徐鹏飞急匆匆向刑讯室走来。

徐鹏飞作为老牌军统特务深得保密局局长毛人凤信任，他任保密局西南特区区长，兼任西南长官公署行辕二处处长，直接管辖渣滓洞监狱和白公馆看守所，对共产党要犯，他都要亲自审讯。长期和共产党打交道，多次审讯要犯，他对共产党人坚定的信仰、坚强的党性以及宁死不屈的浩然正气多有了解，除个别软骨头之外，多数共产党人为信仰而活，为理想而战，宁可牺牲自己决不出卖组织的壮举使他印象深刻，特别是他审讯江竹筠、齐亮、邓惠中等人的场景都历历在目。

江竹筠 1939 年入党，是重庆地下党市委委员彭咏梧的爱人。她是地下党川东地委委员，夫妻同时从事革命活动。丈夫牺牲后，她坚持在丈夫牺牲的地方战斗，后被叛徒出卖，关押在渣滓洞监狱，徐鹏飞清楚地记得审讯她的情景。江竹筠说:“上级的姓名、地址，我知道，下级的姓名、地址，我也知道，但这都是我们党的秘密，不能告诉你们！”为了能让她说出秘密，特务把竹签钉在她的十指上，而这最残忍的酷刑也未能摧毁江竹筠的意志。她决不吐露一字，连一丝丝呻吟都没有，一次次昏死过去，一次又一次醒来，那坚贞不屈的眼神，让徐鹏飞一阵阵胆寒。

齐亮是抗战初便在南开中学入党的老党员，曾经担任昆明市学联主席。1947 年 3 月南方局所属的机构撤回延安，齐亮留在重庆从事党的工作。重庆市委书记刘国定被捕叛变后，带人到处抓他的直接下级齐亮，齐亮冷静沉着与之周旋，“把生的希望留给同志，死的危险留给自己”，有序地转移了许多党员和进步分子，而他却被敌人盯上了，和妻子马秀英一起被捕投入渣滓洞监狱。徐鹏飞记得审讯齐亮的整个过程。

他给齐亮两条路让他选择，说:“一条路，自首出狱;一条路，枪毙！”

他的话音刚落，齐亮就霍地站起来往外走。

“你，你干什么？”徐鹏飞吃惊地问。

齐亮斩钉截铁地回答:“我选第二条路，出去执行呀！”在场的特务都怔住了，徐鹏飞也只得草草地结束了这场审讯。徐鹏飞想在齐亮妻子马秀英身上打开缺口，没想到她是因丈夫被捕而“自投罗网”，要和丈夫一起坐牢的，这种女人连死都不怕，你还指望她能说出什么吗？

邓惠中是同样的硬骨头，而且长期经受考验，斗争经验丰富，更老道，更不好对付。

几次审讯以来，他对这个领导华蓥山武装暴动的“女共匪”头目有点头疼。对这些坚贞不屈的共产党人，徐鹏飞又气又怕，但在心里也有一丝敬佩和折服。但豺狼的本性又使他萌生必须征服这些人的欲望，因此，他一计不成又生一计，认为严刑拷打既然不能奏效，何不动用亲情来让他们回心转意。而最近得手的一件事，使他陡然生出些许信心，共产党城区区委书记李文祥被叛徒出卖被捕，审讯时任凭敌人酷刑折磨，三次酷刑，两次被打得昏死，李文祥都决不吐实，但入狱后他的思想慢慢发生了变化，看到监狱墙上“青春一去不复返，还须细细想想，认明此时与此地，切莫执迷”的标语，理想信念发生蜕变，产生了怕死的念头。徐鹏飞看出了他的心思，一方面用“拉出去枪毙”来恐吓，一方面每次押去审讯时都让他见一见妻子，而每一次见到妻子时，他总是哭哭啼啼。徐鹏飞认为可乘虚而入，他一方面让特务多方引诱，另一方面用“和妻子最后一次见面”相威胁，终于，李文祥成了可耻叛徒，出卖了十几人，导致6位同志牺牲。尝到了些许甜头，徐鹏飞决计用“软刀子”在更多人身上打开缺口。

对邓惠中的审讯，就是徐鹏飞精心布置的一个圈套。此时，国民党当局已实施屠杀计划，开始分批处决共产党人。1949年10月28日，国民党西南长官公署命令重庆警备司令部由白公馆、渣滓洞监狱押出陈然、成善谋等10人，在大坪刑场公开枪杀。接下来，还会有一批批的共产党人和革命志士被公开或秘密地处决掉。风声传出，人心惶惶，在这种时刻审讯，更具有威慑力和震撼力。

邓惠中默默站立着，思绪却在急速转动，她感到敌特此次审讯的不寻常，决定冷静观察，沉着应对，兵来将挡，水来土掩，严阵以待和敌人巧妙周旋。

“嘿嘿，”徐鹏飞尴尬地干笑两声，站到邓惠中面前，“别来无恙啊！”他假惺惺地表达着关心，因为若不是提审重要犯人，他不会到渣滓洞监狱来，确有一段时间没有和邓惠中见面了。

入狱后，徐鹏飞审讯过邓惠中几次，这家伙凶残无比，几次动用大刑，把邓惠中摧残得遍体鳞伤，难友们都知道他是吃人不吐骨头的活阎王，这家伙今天竟发起慈悲来了。黄鼠狼给鸡拜年，能安什么好心！

“谢谢关心，承蒙关照，我还在渣滓洞这口活棺材里喘气。倒是你脸色不太好，别来有恙啊！”邓惠中讥讽地说。

徐鹏飞摸摸肥胖的脸：“没得没得，我身体健康得很哩，没得什么病嘛！”

“你们的主子病了，你们的那个党病了，岂是病了，蒋家王朝已经气息奄奄、行将就木了。覆巢之下安有完卵,你们离死不远了！”

“不许你胡说！”徐鹏飞不耐烦起来，咬牙切齿地说，“死我们也要多拉几个垫背的！”

“要杀要剐随你们的便！你杀了我，将来自有人来杀你，血债要用血来还，你记好这句话！”

“赶快把华蓥山武装暴动的名单交出来，交出来饶你一命！”

“休想，我宁死也不会交出组织名单！”邓惠中坚定地说。

“现在天天都在杀人，你不要命了！”徐鹏飞以死相威胁。

“砍头只当风吹帽，我已将生死置之度外了！”

“你个老太婆，自己不要命就算了，难道儿子邓诚的命也不要了吗？”徐鹏飞继续威胁道。

徐鹏飞这一击，击到了邓惠中的痛处。邓惠中刹那间明白，徐鹏飞是妄图利用母子之情，来威逼引诱自己就范。

邓惠中的痛苦油然而生，她把儿子引上了革命道路，却不承想儿子随她一起被抓进了渣滓洞监狱。母子同牢，一起参加为推翻国民党反动派统治的华蓥山武装暴动而入狱，肯定凶多吉少，自己的生命不足惜，可是儿子今年才18岁呀，正是青春年少，新中国刚刚诞生，他能活着该多好啊！但自己是一个共产党员，一个有坚定信仰的革命者，怎么能出卖组织的机密去换得儿子的活命呢？邓惠中作为母亲，一时间陷入深深的痛苦之中。

“你喜欢自己的儿子吗？”徐鹏飞假惺惺地做关心状。

“我的儿子聪明、能干、懂事，我当然喜欢自己的儿子！”

儿子是母亲的心头肉，何况邓惠中在几个孩子中又特别喜欢邓诚。邓诚随她被捕后，无论是在岳池，还是渣滓洞，也都受了重刑，但他经受住了考验，什么也没讲。他了解的秘密地方一个没暴露，所认识的同志一个也没被捕，邓惠中为有这样的儿子而自豪。在狱中，邓诚也很受难友们喜爱，他年轻、好学、有礼貌，尊重老同志，和大家团结一起与敌人抗争。罗广斌后来以邓诚为原型,塑造了《红岩》中华为的形象，给读者留下了深刻的印象，这是后话。

“是嘛，是嘛，人同此心，心同此理，做母亲的谁不爱自己的儿子呢？我可以把你的儿子邓诚放了，但你要答应和我们合作，讲点你们组织的情况好不好？”徐鹏飞狡诈地笑着。

“请收起你那一套吧，我不会和你做这个交易的！”邓惠中识破了敌人的阴谋。

“交易，这个交易是值得的呀，你讲出几个不相干的人，就能救出自己的儿子，何乐而不为？”徐鹏飞紧逼。

“我当然希望我的儿子能活着，但我怎么能用几个人的性命，去换我儿子的性命？因为那些人不是不相干的人，都是我的战友和亲人。”邓惠中断然拒绝。

“我就是搞不懂你们这些共产党人，我奉劝你还是要好好想想！”徐鹏飞继续争取。

敌人永远也不懂我们，不懂我们为什么宁肯掉脑袋，也要坚守自己的理想;不懂我们为什么宁肯丢失一切也要保守机密;不懂我们在严重危及自己生命的关头，义无反顾地把生的希望留给同志，把死的危险留给自己。所有这一切，都是因为我们共产党人有坚定的信仰和坚强的党性。如果我们没有坚定的信仰和坚强的党性，在那样早上出门不知道晚上还能不能回家的日子里，恐怕连活下去的勇气都没有。如果没有坚定的信仰和坚强的党性，这些被押在渣滓洞、白公馆的共产党人，就不会视死如归，随时做好牺牲的准备。我们坚信，革命事业是正义的事业，必定会有胜利的那一天，同时，我们怀着必死的信心，拼命进行战斗，确信光明必然到来。因为有坚定的信仰，我们便有智慧:因为有牺牲的决心，我们便产生了勇气。有了智慧和勇气，我们便会视死如归，大义凛然，我们就会为远大的目标牺牲个人的一切利益，这就是信仰和党性的力量。有了信仰和党性，我们的内心就能够强大，任何敌人也摧不垮我们，即使灭掉了我们的身体，也灭不了我们的信仰。想到这里，邓惠中更加从容和无畏，眼里喷出愤怒的火焰：“别做梦了，任你要什么花招，也休想从我嘴里套出一个字，送我回牢房！”

“不说，我立马把你的儿子邓诚杀了！”徐鹏飞凶狠地做了个斩首的动作。

“杀了他，他也是顶天立地的英雄！”邓惠中毫不退缩。

徐鹏飞气急了眼，没想到这最后的“撒手锏”没有丝毫效果，但他还要做最后的挣扎。他朝外摆摆手，不一会儿，戴着脚镣和手铐的邓诚被押了进来。

“儿子！”邓惠中扑了过去。

“妈妈！”邓诚高喊着。

母子俩虽然被关在同一所监狱，但敌人看守严密，两人很少见面，在这特殊的时刻，母子俩紧紧地拥抱在一起。母亲邓惠中明显感觉到了儿子的变化，他成熟了，更加坚定。虽然监狱的生活很苦，但是正在长个的儿子又长高了一些，只是太单薄了，她有些心疼儿子，紧紧地把他搂在怀里，眼里充满了泪水。邓诚也紧紧地抱着妈妈，虽然小小的年纪，但已是共产党员了，且有了狱中斗争的经验。此时此刻，敌人让他们母子见面，绝不是发什么慈悲，而是隐藏着不可告人的阴谋。

“妈妈，你放心，我很好，我一切都很好！”邓诚暗示母亲。

“你小小的年纪，不珍惜自己的生命吗？你让你妈妈说点组织的情况，我们就放了你！”徐鹏飞对邓诚说。

“呸！你让我们当叛徒，做梦去吧！”

“信不信我杀了你！”

“砍了脑袋碗口大的疤，十八年后又是一条好汉！杀吧，杀吧！”邓诚把脑袋向徐鹏飞伸去。

“我的好儿子，妈和你一起上刑场！”邓惠中、邓诚母子俩搀扶着走出刑讯室。

黔驴技穷的徐鹏飞像撒了气的皮球跌坐在刑讯室的椅子上，脸一阵阵发白。

在徐鹏飞审讯邓惠中、邓诚母子半个月后，敌人对共产党人和革命志士的屠杀肆无忌惮地进行。

11月24日，江竹筠、李青林、刘国锐、陈以文等32人由国民党特务从白公馆、渣滓洞监狱押出，在歌乐山下的电台岚垭刑场被秘密枪杀。

11月27日晚上8点，渣滓洞看守所所长李磊拿着徐鹏飞圈定的名单，将邓惠中、邓诚、刘石尔等人分三批押出，由西南长官公署警卫团第五连连长宋朝贵带兵押往松林坡枪杀。而11月27日半夜，更大规模的屠杀开始了，大批共产党人和革命志士倒在了血泊之中。而在此之前，秘密的暗杀早已开始，前面提到的齐亮烈士被单独押出，在竹林中枪杀后，尸体被扔进镪水池中化掉了。

“从来壮烈不贪生，许党为民万事轻”，邓惠中、邓诚等先烈们壮烈牺牲了，他们牢记信仰，不辱使命，为党为民，甘愿牺牲，为后人树立了光辉榜样。他们牺牲了，消失在黎明前的黑暗中，但他们的信仰还在，被一代又一代后辈传承下来，成为我们的奋斗目标和无穷无尽的精神力量。“双枪老太婆”邓惠中和他的儿子邓诚永远活在人们心中。本书下面的文字将更多地介绍邓惠中烈士的故事，让我们静下心来去探寻她留下的一个又一个足迹。

二、从童年到结婚

四川，物华天宝，人杰地灵，天府之国。

四川省东部、日夜奔腾不息的嘉陵江和渠江下游，有一个岳池县。它位于峰峦叠翠、森林茂密的华蓥山西南，属于丘陵地区，资源丰富，农产以水稻、小麦、甘薯为主。这里居住着尧舜的子孙，他们一代又一代的生息、繁衍。

岳池县城南门外有个长滩寺村，长滩寺村有一个张家湾墩子，张家湾墩子有一户姓张的中等阶层人家。

这张家本世代务农，祖祖辈辈脸朝黄土背朝天，与土坷垃打交道，到了本书主人公邓惠中父亲张鹏生这一辈，家境起了一个不大不小的变化。张鹏生从小聪颖，天资过人。张家有个亲戚是村中首富，为了让儿子知书识礼，长大光宗耀祖，请了一个私塾先生到家搞“单兵教练”，又怕儿子一人读书寂寞，便让张鹏生前去陪读。

张鹏生的父亲听到这个消息，欣然同意。自己整日里耕作于田亩，一个汗珠摔八瓣，连养家糊口都不能，哪有钱供儿子读书？亲戚家让儿子去陪读，不用交学费，何乐而不为？

张鹏生就这样开始读起“诗云子曰”来了。他眼读心记，过目成诵，两年时间把四书五经背得滚瓜烂熟，还能逐句详析。白天陪读，晚上豆灯黄卷，又读了《三国演义》《水浒传》等许多小说。私塾先生看张鹏生聪颖好学，也有意栽培，使他在学业上大有长进。而张鹏生亲戚的儿子却冥顽不灵，疏懒贪玩，两年里，斗大的字儿竟不识一箩。主人一气之下，辞退了私塾先生，张鹏生无“读”可陪，也就离开书案回到田亩之中。真是有心栽花花不开，无意插柳柳成荫。以后，张鹏生锲而不舍，勤耕苦学，学问大增。到自立门户时，他便挂锄从教，当了私塾先生。

做私塾先生就有“束脩”，“束脩”积攒起来就有了家资。张鹏生盖起了三间一溜、面临河水、背靠竹林的大瓦房。出则俯首观鱼成群，入则抬头看翠竹青云，风景煞是秀丽。他结婚之后，有了三个儿子，小康人家，也算是诸事如意。步入中年的张鹏生还有一件心事，就是还想要一个女儿。

1904 年农历七月初四，从张家的大瓦房中传出“哇哇”的一阵婴啼，张鹏生梦寐以求的女儿出世了。妻子瞅着出生的女儿，脸上露出甜甜的微笑，张鹏生更是高兴万分，喜滋滋地前后张罗着。

夫妻俩合计着给女儿取一个名字。那时，女人大部分是没有名字的，在娘家按排行称呼，出嫁后用丈夫的姓加娘家的姓做代号，如张李氏、赵王氏等等，再简单一些，就是用“娃他妈”来称代了。即使个别的女人有名，也是瓶儿、罐儿、菊花、石榴，随意呼之。想要男孩的人家，则用女儿的名字表示意愿，如领弟、招弟、盼盼、改改等等。张鹏生夫妻与众不同，他们不仅要给女儿取名，而且还要取一个响亮好听的名字。

“咱们的女儿生得美丽、漂亮，就叫兰兰吧！”妻子说。

“兰者，花中之长也，取文雅之意。哦，叫兰君好不好？”张鹏生琢磨半天，提出了自己的想法。

“好，就叫兰君。”妻子表示同意。

“兰君这个名字算是你给女儿取的，我还要给女儿再取一个名字，”张鹏生来回在屋地上踱步，一副深思的样子，“有了，就叫惠中！”

“不好听，不好听，啷个不顺嘴哟。”妻子不太同意。

“嗨，很有意思，很有意思。现在帝国列强蚕食瓜分我国，大清朝只有招架之力，无还手之功，振兴中华只能靠仁人志士。我们女儿长大了也要为国家效力。惠——中！这个名字不是很好吗？”

“女娃家能干个啥子嘛！”

“可别小看女娃家。小缇萦三岁救父，王昭君出塞和亲，花木兰代父从军，穆桂英大破天门阵。我们的女儿长大了也要干大事业哩！”张鹏生兴冲冲地给女儿起下了寓意深刻的名字。他视惠中为掌上明珠，在惠中三岁时，就开始教其算数、识字。张鹏生一心要把女儿培育为当代女杰、巾帼英雄。但是，他没有亲眼看着女儿长大成人。惠中六岁那年，张鹏生就因病去世了。

惠中父亲张鹏生的去世，不仅使全家的经济陷于贫困之中，而且使全家人在精神上受到极大的压抑。说来也巧，从惠中的母亲往上数，三代女辈都是早年丧夫。张家湾墩子是一个偏僻、闭塞的角落，当时所有的地图都找不到它。在这偏僻的角落里，封建思想的桎梏紧紧地禁锢着人们的头脑。惠中的母亲年轻守寡，一个人带几个孩子度日，受尽封建礼教的摧残，历经世态炎凉的痛苦。

“寡妇门前是非多！”这种浸透了封建主义毒素的世俗观念，像一条无形的锁链，一根无形的大棒，肆意对那些丧夫的寡妇进行摧残。惠中母亲在丈夫去世之后，终日里战战兢兢，小心翼翼，每行一件事都如临深渊，如履薄冰，她害怕世人投来冰冷的眼光，怕张姓家族森严的族规，怕别人指脊梁骨说三道四。稍有差池，她不仅玷污自己一世清名，还将给孩子们带来不幸。唉，做女人难，做寡妇更难，真是要多难有多难啊！

丈夫去世后，她拉扯着三个儿子和女儿度日，不久把家中养的公鸡全都捉了起来，要孩子们分送给亲戚和邻里。

惠中对妈妈的行为不理解。“妈妈，干吗把公鸡送人呢？”

"孩子，咱家养不得呀。"

"别人家养得，为啥子咱家就养不得呢？"惠中刨根寻底。

"唉，你不懂。死了男人的女人养公鸡，人家要嚼舌头的！人家说寡妇家的公鸡是母鸡变的，是克星。"母亲唉声叹气地告诉她。

惠中对母亲的话似懂非懂。她见不到过去天天喂养的公鸡，心里好像失去了什么。一天，她没有告诉母亲，悄悄从亲友家要回一只公鸡，放进了鸡笼里。

这天晚上，惠中做了一个甜蜜的梦。梦见一轮红日喷薄欲出，一只大红公鸡引吭高唱。她欢快地唱着爸爸生前教给自己的儿歌："大公鸡穿花衣，红红的鸡冠真美丽……"突然一阵嘹亮的鸡鸣将她惊醒，天亮了。

母亲听见家中公鸡打鸣，一跃从床上坐起。她沉着脸责问几个孩子："谁把公鸡捉回家里的？"

"是我。"惠中怯生生地回答。

"赶快送出去！"母亲生气了。

"不嘛，不嘛，我就要养，公鸡打鸣好听，我们好早点起床呀！"

"惠中，你要听妈妈话呀！"妈妈眼圈红了，眼眶里噙着泪水。

为了不使母亲难过，惠中点了点头。为这件事，她大哭了一场。那时，宣统皇帝的卧室才有从外国进口的自鸣钟，祖国大地上的千家万户还要靠鸡鸣来推测时辰。而在她家，这一点权利也被剥夺了。

父亲去世后,家中折了顶梁柱。幸有少许薄田,全家才赖以生存。母亲为了使三个儿子有出息，省吃俭用让他们上学堂读书。惠中是女子，上学自然是没有份的。她有极强的好奇心，对男娃读书最是羡慕。哥哥们到学堂去，她常常跟在后面，人家进了学堂，她就在窗外边听。时间长了也能背诵“学而时习之，不亦说乎？有朋自远方来，不亦说乎？”“人不知而不愠，不亦君子乎？”之类的孔夫子语录和《孟子》《庄子》等的片段。哥哥见妹妹好学，就每天晚上教她认字，把在学堂学的东西讲给她听。小惠中一听就懂，一学就会，为以后求学深造奠定了基础。参加革命后她常说，几个哥哥是她的启蒙老师。

当时，在那样的社会里，封建主义的巨石压得孤儿寡母透不过气来。小小年纪的惠中就像石缝中长出的小草，顽强地生长着。生活的苦难不但没有使小惠中屈服，反而在她的心灵种下了与命运抗争的种子，塑造了她坚韧、倔强的性格。

她长到九岁那年，妈妈把她叫到身边说:“从今天起，你要包脚了，包上后，痛一点，慢慢就好了。”

“包脚做啥子嘛？”惠中问。

“你看哪个女孩子小时不包脚。包了，长大了才能找到婆家，人家才不会笑话你！”

“不包，不包！”惠中撒开脚跑了。

包脚，传统的说法叫“裹足”，那可是封建社会的“国粹”。女人家舒展自如的脚，原本就是美丽的。而封建社会却要扭曲它，非得裹成平面看像三角形，竖起来看似锥形，如同细小的嫩笋一般，才称得上美。而且成了美的一种模式，中国女人的脚非如此不可，否则就是大逆不道。在封建统治下的中国，多少女人被裹脚布所束缚？又有多少女人能摆脱裹脚布的束缚？

母亲把惠中叫回来了。

烧了一盆开水，准备好一卷白布。母亲拉着她的脚，一把塞进滚烫的水里，烫得惠中大哭起来。母亲也哭了，看着女儿的脚烫起一层层水疱怎能不心疼！但女孩家不包脚是要受人歧视的啊！母亲狠狠心，在惠中外婆的帮助下，用布把惠中的脚缠了一道又一道，将脚紧紧勒住，脚趾挤折了，整个脚变了形，疼得惠中在床上直哭，她不能忍受这种心灵上和肉体上的折磨，愤而起来抗争。几天之后，惠中趁妈妈不注意，悄悄把裹着的脚放开了。她发誓:决不裹脚。母亲拿她没办法，骂一顿之后只好由她去了。“眉间秋波盈盈，三寸金莲窄窄”，这是人们欣赏的传统的美。惠中不按这种美的要求塑造自己，自然就引起了一些人的侧目和非议。一次，婶婶、娘娘们又在品评她那双脚。“这姑娘哪样都好，就是那双脚太大了。”一个替惠中惋惜。另一个接着说:“哎，怕是找不到婆家了。”她们的议论，被惠中听见了。她笑着说:“脚大就大呗，我一辈子不找婆家啦！”

几年之后，惠中又做了一件更令人吃惊的事情。这就是她悄悄学会了打拳。“张家湾墩子张鹏生的女娃会打拳哩！”消息不胫而走，传遍了方圆几十里地方，越传越神，越传越奇。

“那娃会点穴，两个指头点哪个，哪个就别想活喽。”

“好凶唉，几个男人都近身不得！”

“那女娃硬是样样精通，长拳、短拳、通臂拳、黑虎拳、猴拳，样样都会来几路哩！”

这传说有许多虚假、夸张的成分，但惠中学会了打拳却是真的。她的拳师是哥哥张辉如。

义和团运动之后，我国各地习武之风更盛。1902 年，长滩寺来了一个河南人，他叫陈三文，因参加义和团运动遭到清廷的通缉，为逃避追捕，逃到了这天高皇帝远的地方。陈三文老家是太极拳的发祥地河南温县陈家沟。这太极拳，说起来也话长。创始人有南朝韩拱月、唐代许宣平、宋末元初张三丰、明末陈王廷数说。一般以陈王廷一说最为可靠。陈为明末庠生，曾在河南温县任乡兵守备，晚年逍遥隐居，“闲来时造拳，忙来时耕田”。综合当时民间和军队中流行的名家拳法，结合古代导引、吐纳术，吸取阴阳字经和经络说成拳，共五路。在陈王廷影响下，陈家沟家家习武，代代传艺，不仅培养出许多高名拳师，而且村中的男女老少人人都会几招。陈三文是陈王廷的后代，摸爬滚打，练就了一身好拳术。义和团运动开始后，陈家沟派 20 人到天津参加同洋人作战，陈三文是其中之一。为国捐躯的兄弟们含笑而去了，活着的却遭到清廷追捕，陈三文为找一条生路，携儿带女到了岳池。形势稍微缓和后，他办起了“精武习艺馆”，传授陈家拳。

惠中的哥哥张辉如，比惠中大十多岁。在父亲的教诲下，喝了一些墨水。父亲去世后，子继父业，做了私塾先生，他性格刚强，忧国忧民，为人正直，喜打抱不平，拜陈三文为师学拳，是“精武习艺馆”的得意门生。张辉如练的是陈氏老式太极拳。他每日鸡鸣即起，潜心苦练，又经陈三文精心指点，拳术在拜师习武的人中出类拔萃。

张辉如练拳的事被惠中知道了，她缠着哥哥，也要学打拳。

“哥哥，你教我学打拳吧！”

“幺妹，莫缠哥哥，女娃家学打拳做啥子嘛！”

“你们男娃家能打，我们女娃家为何就不能打？”

“师父说，我们学它护身用的。”

“我们女娃也用它护身哩！”

“哪光是护身呢，师父说，练好了，还要上战场打洋鬼子哩！那洋鬼子绿眼睛，黄头发，好吓人，你不怕呀？”辉如见说服不了妹妹，故意吓唬她。

“不怕，不怕！”妹妹决心已下，一步也不退让。

被缠不过，辉如就教妹妹几招，他想应付一下了事。没想到妹妹步步紧逼，他只好把在师父那儿学的拳术都一一教给了她。

经过苦练，惠中学会了拳术。她打起拳来心静意专，运气自如，动作柔和缓慢，协调连贯，轻灵沉着，虚实分明。运行螺旋缠绕，变柔成刚，刚复归柔，刚快发劲和跳跃、震脚等动作掺杂其间，野马分鬃、海底捞针等一整套动作烂熟于心，活脱脱表形于外。

惠中开始学打拳时，兄妹俩商定:为避免种种闲话，这件事千万不能让人知道。没想到事情还是暴露了。

一天，惠中上山砍柴，回来路上被本地无赖张大发堵住了。张大发仗着家有一些田产，终日游手好闲，晃晃悠悠，惹是生非，横行乡里。此时，他平伸两只胳膊，叉开双腿，像一个大字，站在路中间拦住去路，用贪婪的眼光直勾勾地盯着惠中。

“走开，你要干什么！”惠中大声喊道。

“莫要嚷。妹子你生得漂亮，让我相相面嘛！”说着，张大发就要动手动脚。

惠中气急了，呼地就是一拳。没想到这一拳出手太重。那张大发在重击之下，踉踉跄跄倒退十来步远，一屁股坐在地下，口里直吐鲜血。这样一来，邓惠中会打拳的消息就像一阵风一样传开了。

练拳习武、田间劳动，使惠中出落成了一个端庄俊美的姑娘。

充足的阳光给了她健康的肤色，山里的清风使她容颜焕发，粗茶淡饭使她有了个结实的身体。

她是一朵山花，柔媚里含英俊，美丽中透露着乡村姑娘的质朴和稚气。身高一米六三左右，体形不胖不瘦，身段优美，娉婷可爱。鹅蛋形白皙的脸上，长着一双乌亮乌亮的大眼睛，上面有两道弯弯的眉毛，浓密的睫毛和黑眼睛配在一起，是那样相得益彰。她穿着自家织的土布衣服，更显得别有一番风韵。

张家姑娘的品行和美貌，吸引说媒的人纷至沓来。惠中决心由自己来选择意中人，开始介绍的几个，惠中都不中意。她对母亲说："不管是谁提的亲事，我都要亲自看男方一眼，否则决不嫁人。"

在封建社会，缔结婚姻靠的是父母之命、媒妁之言，妇女只能是嫁鸡随鸡，嫁狗随狗，嫁根扁担挑着走，哪有选择爱人的自由。惠中提出要亲自看一眼对方，这是对封建礼教一个大胆的反抗。

和同时代的姐妹们相比，惠中是幸福的。15 岁那年，一桩美好的姻缘降临到她的头上。

男方家住岳池县城，19 岁，名叫邓福谦，是县城江西馆小学的校长。邓福谦的父亲开杂货铺，家道殷实，小有积蓄。父亲想让儿子也走经商这条路，但福谦不干，他安于过贫困生活，把一生献给教育事业。惠中听人介绍了这些情况，觉得这个青年有志气，同意了这门亲事，但仍坚持过去提出的要求，要亲自见见人。家里拗

不过她，也就默许了。

相亲那天，邓福谦来了。惠中藏在闺房里，从门缝里偷偷往外瞧，只见这个男青年，中等个子，大大的眼睛，文质彬彬，很懂礼貌，谈吐举止是那样谦恭大方。她松了一口气，一种甜丝丝的感觉在心头涌起。

“死女子，看清没有？该称心了吧？”福谦走后，妈妈问惠中。惠中羞答答地不说话，只是把手中的手帕绞来绞去。

婚期很快订了下来。

就要离开自己度过童年、少年时代的长滩寺，离开生养自己的母亲，惠中的心情有些难受。她把自家的院子扫了一遍又一遍，把母亲和哥哥的被褥全部拆洗干净。结婚前一天晚上，母女俩唠了个通宵。母亲是了解女儿的，但她还是反复叮嘱惠中，到了婆家要勤快，要本分，凡事多用心，照顾好公爹、婆母和丈夫。惠中一一答应，她极力让母亲放宽心，劝母亲多多保重身体。母亲为抚养哥哥和她受尽了熬煎，看着母亲枯槁的面容，惠中禁不住一阵心酸。

第二天上午，“噼噼啪啪”，一阵鞭炮声响过，福谦和娶亲的人到了。这一天，福谦的精神更加焕发，穿一身簇新的衣服。惠中含情脉脉地看他一眼，心头止不住砰砰直跳。还没等她多考虑什么，一顶花轿就把她抬到了岳池县城。

在岳池县城有一条贯通南北的大街，街的南段，下南街有个江西馆小学。这所小学的前身是江西移民设立的祠堂，后来一些有识之士看到各地兴办教育，就建议把祠堂改成了小学。全族一致推举上过学的邓福谦当小学校长。福谦和惠中结婚后，就住在江西馆后边的两间房子里，两人互敬互爱，同出同进。惠中尽心尽意照顾老人，承担了所有家务，使福谦能把精力用在事业上。

晚上，福谦在油灯下改作业，惠中忙完家务，就在旁边陪伴着。福谦晚上要批改一摞摞的作业，但他还是很关心妻子，总抽空给她讲故事,或者读中国古典小说中的精彩片段。有一次福谦给她读《水浒传》中的“鲁提辖拳打镇关西”，正读到鲁提辖和镇关西打得难解难分的时候，却停了下来，专心地批改起学生作业来。惠中急于知道故事的结局，就拿起书来自己看。过去惠中虽然跟哥哥学过一些字，但真要读这样厚的书也还是十个字有八个不认识，只好闷闷不乐地坐在一旁。

这时，福谦故作吃惊地说:“你生气了？镇关西没被打死吗？”

惠中叹口气说:“要不是你给我念，我哪知道呀！”

福谦说:“你要是能多认些字，可以看好多书。以后我教你识字好不好？”

惠中乐得跳了起来:“你怎么和我想到一块了？我今后就拜你为师，你可要做一个负责的好老师呀！……”

福谦说:“你放心，我还想培养一个秘书呢！”说完，他们都爽朗地笑了起来。福谦还经常在晚上，领几个青年到家中来，他们谈时事，谈有关救国的事，有时互相争论。每当这时，惠中总是把茶水沏好，给每人倒上一碗，然后悄悄地坐一边听讲。有的她能听懂，有的她听不懂。

一天晚上，几个青年走了之后，惠中问福谦："你们说的'革命'是什么意思？给我讲讲好吗？"

福谦告诉惠中："革命就是要改革不合理的社会制度，推翻人压迫人的社会。"

惠中问："搞革命能打倒地主，让穷人翻身吗？"

福谦兴奋地说："能，能！"

惠中又问："到时候妇女还受压迫不？我最痛恨压迫妇女的人。"她说："我有个表姐，结婚后，丈夫不在家。公公、婆婆怕她和外人接触，一直把她锁在房中，不到两年她就憋闷死了。你说，妇女的命运能改变吗？"

福谦很有信心地说："革命成功了，男女就都一样了。"

听了丈夫的一席话，惠中仿佛一下懂了许多，她佩服丈夫懂那么多知识，懂那么多道理。

要想有知识，非读书不可。惠中心里悄悄萌生了求学的念头。每天，她看见孩子们背着书包，蹦蹦跳跳地来江西馆小学上学，听着孩子们清脆悦耳的读书声，心里格外羡慕。有时她站在教室门外

偷听老师讲课，好久也舍不得离开。但由于当时的小学不收已婚妇女，她的愿望未能实现，只能在福谦的帮助下自修小学课本，一点一滴地学习和积累文化知识。

三、求　　学

1927 年，岳池县办起了一所女子师范学校。知道这个消息后，惠中高兴极了。

一天，她向丈夫表达了想要上学的心愿:“福谦，我想和你商量一件事。”福谦看着惠中吞吞吐吐的样子,笑了:“夫妻俩可不许客气，有啥你就说吧。”

惠中说:“我和你结婚后，看到你和同你来往的人都很有知识，我很羡慕。听说咱们县城有一所女子师范，我想到那里读书，不知你同意不同意？这件事我想了很久,今天才说出来,就怕你不同意。”她说完，用期待的眼光看了一下福谦。福谦听了惠中的话，用手抓着头发，半天没吱声。惠中等急了，又催问一句:“你到底答应不答应呀？”

福谦呷了一口茶，缓缓地说:“年轻人求学读书是好事。咱家经济条件也允许，再说咱们现在没有孩子，牵扯少。你去上学我倒是同意，可就怕爸爸不赞成啊！”

“肯定不赞成吗？”惠中问。

“肯定不赞成。唉，你不知道，我爸爸可封建了，他最看不惯那些女学生上大街，进学堂，说这是胡闹。你想，他能让儿媳妇也掺和进去吗？”

听了这话，惠中脸上笼起了阴云。“那，那就没有什么办法了？”惠中急得直想哭。

“别急，别急，我跟爸爸说说看怎么样。”一听有希望，惠中也来了劲：“光说说不成，你得让他一定答应！”福谦看惠中求学的决心这样大，很受感动：“好了，我保证给你办成这件事！”“一言为定？”惠中追问。“一言为定！”福谦很干脆地说。夜深了，两人在床上又将这件事谈论了很久。这一夜，惠中感到很幸福，仿佛实现了美好的愿望，她已经坐在了学校的课堂里。

几天之后，邓福谦单独和父母在一起。他的母亲一个劲地夸儿媳惠中好，说她贤惠。福谦不以为然地说：“好，好什么！”邓掌柜一看儿子这种态度，威严地问：“怎么不好？”“她没上过学，没有知识！”“没有知识，你说怎么办？”邓掌柜追问。“让她读书，让她上咱县女子师范。”邓掌柜一口拒绝：“不行！妇道人家上什么学！”

福谦一看父亲这个态度，知道来硬的不行，急忙变换了口气：

“爸，我可不是嫌弃她没知识。想让她上学，可是替家里考虑啊！像咱们做生意的人家，最容不得闲人。俗语讲坐吃山也空。惠中上了学，学点知识，能自食其力，就不吃闲饭了。毕了业，你不让她抛头露面，在家帮做生意也行嘛！再说，父母不能跟我们过一辈子，我和惠中以后都有了事做，生活会好一些，你们也就放心了。”

福谦这一席话，打动了邓掌柜的心。这几年生意不景气，家境日益衰落，将来多一个人做事总比多一张嘴强啊。权衡一番，邓掌柜终于答应让惠中上学。“上就上吧。女人家抛头露面终归不好，上学下学都要用轿子接送。”他无可奈何地说道。

惠中上学的愿望终于实现了。去女子师范学校报名那天，她坐在小轿上，心情格外舒畅，她像追求自由的鸟儿，一下子飞出樊笼，进入了广阔天地。为了铭记丈夫对自己求学的支持，表达感激和敬佩之情，惠中在填写入学登记表时，毫不犹豫地把自己的姓改为丈夫的姓，在姓名一栏里端端正正地写下了“邓惠中”三个大字。

邓惠中进入岳池县女子师范学校，一下子扑进了知识海洋的怀抱。她深知自己求学的不易，因此十分珍惜这难得的机会。每天一下那顶竹子做的小轿，就匆匆向教室奔去，或是阅读，或是做练习。每逢老师讲课，她总是听得十分认真。

那时，岳池县女子师范学校虽然成立不久，但在川东颇有影响。辛亥革命后，一些进步人士倡办女学，经过五四运动以后，各地兴

岳池縣女子師範學校登記表
1927年 月 日
姓名
性別
女
籍貫
四川省岳池縣
地址
家庭
說明:

办女学的风气日盛。四川本来就重视教育，一经有识之士提倡，各地的女学纷纷冲破封建势力的阻挠，破土而出。当时有人认为女子毕业后当教师最为适宜，因而创办的女学中女子师范数量居于首位。

在岳池县女子师范就读的有名门闺秀、权贵爱娇，也有像邓惠中这样一般家庭的妇女。她们入学的目的也不尽相同。有的是在闺房里待闷了，想出来换换环境；有的是想冲破家庭的束缚，寻觅如意郎君；有的则是真正为求学而来。这样，女学生也就自然而然地分为两类。一些人热衷于描眉擦粉，追求“淡妆浓抹总相宜”的效果。一些人则醉心于学业，吸吮知识的营养。邓惠中属于后一类，她把全部精力投入到学习中去。

刚开始时，一些出身于名门、权贵和有势力家庭的小姐，看不起邓惠中，觉得她不过是庄稼人的姑娘，店铺掌柜的儿媳，小学校长的妻子，如此而已，又见其穿着一般，便投之以冷眼。惠中热情开朗，心地好，很善于团结人，但她也很刚强，很有志气，决不乞怜于人。她对那些投之以冷眼者敬而远之，暗暗下定决心：在学业上超过她们！

入学后，惠中被分配到中三班，当时初中开设英语、生物、化学、语文、数学、物理等课程。她从未上过学，缺少基础知识。在学习的道路上，困难像一个个拦路虎，如一座座大山，使惠中每前进一步，都要比别的同学多付出十倍甚至百倍的努力。

第一学期生物期末考试时，为了尽量争取及格，试卷上的题她都答了，可是，还是不及格。有一道题问的是："青蛙是怎样形成的？其特性是什么？"她在试卷上写道："青蛙是她妈妈生的。其特点是光喊不睡觉。"当老师把她的答卷公布后，教室的同学都捧腹大笑了起来。"爬都没学到就在学跑了，真是癞疤狗想吃天鹅肉！""嫁了人的，还来读啥子书哟，修得庙来鬼都老了哟……"许许多多刺耳的讥讽向她投来。

一次命题作文，要求两小时交卷。她凭着以前断断续续在哥哥、丈夫面前学的文化，竭尽全力写文章。这次，她满以为及格不成问题，可是到了作文讲评时，它成了语文老师评讲作文的靶子。老师说："邓惠中的文章，前是文言，后是白话。好像一个人头戴瓜皮帽，身穿西洋装一样，中国人不像中国人，外国人不像外国人……"

邓惠中坐不住了，脸上火辣辣的。回到家中，用被蒙住头哭了起来。朦朦胧胧中，她做了一个梦，梦见自己回到了孩提时代。她跑进小树林采了一朵一朵的花，粉的、黄的、白的、蓝的，忽然看见前边有一丛丛更好看的花，欢叫着跑过去，没想到突然陷进了泥潭。泥和水包围着她，每走一步都很费劲，抬头望去，花依然很好看，但离她却那样遥远。"不能退回去，一定要摘来那些花。"她鼓足勇气朝前走着，走着，脚下一软，泥潭似乎要淹没她。"啊！"

"惠中，醒醒。"声音亲切、柔和。福谦把一碗冒着热气的鸡蛋面端到惠中面前。他从学校回来，看到桌上的作文本和床上的妻子，一切都明白了。做丈夫的觉得自己对妻子帮助不够，心里有些内疚。

“福谦，我太笨了。”惠中讷讷地说。

“不，你只是基础差一些，和以前比，进步是很大的嘛。一口不能吃一碗饭，一锹挖不出一口井。只要有决心，有毅力，有方法，肯定会学懂各门功课的。从今天起，我们订一个计划，按时复习每门课程，每周我抽三个晚上给你讲解难题。”

“好！福谦，太谢谢你了。”惠中深情地望着丈夫。

从这之后，惠中更加勤奋刻苦了。别人休息、嬉戏时，她常常来到校园一个偏僻的角落默默地看书。课后，她还主动向同学们请教。班上很多同学都是她的小老师。回到家中，她又拜邓福谦做老师。福谦看妻子十分努力，总是热情地帮助她。

功夫不负有心人。第二学期期末考试时，邓惠中的物理、代数、三角、几何、生物等全都及格，语文成绩在全班名列前茅。曾评讲过邓惠中作文的谭老师，现在禁不住对她的文章连声称赞，认为其文笔优美、洗练，表意确切，有真情实感，挥笔在试卷上写道：“文生情也，情生文也，求之男子中尚少，况女子乎！”邓惠中终于以优异的学习成绩赢得同学们的尊敬，许多看不起她的人也渐渐靠近她，向她投去赞许的目光。

知识开阔眼界，启迪人们思想。邓惠中上学后，知识的窗口打开了，她过去像被关在闷罐列车中，窗口一打开，眼前豁然亮堂。学地理，她知道中国地大物博；学历史，她了解中华民族的伟大；读诗词，她吸收那些大诗人忧国忧民的思想。耕耘伴随着收获。邓惠中已从单纯对知识的渴求，转向对社会上一些问题进行思考。

当初，邓掌柜提出要邓惠中坐轿子上学，是顾及自己的面子，久而久之，费用哪里支付得起，也就顾不上自己的面子，不再让邓惠中坐轿了。这使邓惠中有机会了解更多的黑暗现状。无论在乡下，还是在城里，都是富人耀武扬威，穷人受压迫，这是为什么呢？正当邓惠中苦苦思索这个问题的时候，她接触了一位姓陈的语文教师。

岳池县女子师范学校的教师从各地聘来，有的是清朝遗老，过去教“之乎者也”的私塾先生，也有的是关心国家前途命运的热血青年。在所有的老师中，邓惠中和同学们最喜欢教语文的陈老师。陈老师三十多岁，个不高，思想活跃，人很和善，和同学们平等相处，总是笑微微的。但在讲课中讲到激动的时候，他忧国忧民的心情常常溢于言表，有一次讲起国家、民族遭受的沉重灾难，竟在课堂上双泪横流。邓惠中以前只听他讲课，真正了解陈老师的为人是从讲授《木兰辞》开始的。

“唧唧复唧唧，木兰当户织。不闻机杼声，唯闻女叹息……”陈老师充满感情地抑扬顿挫地朗读着。尔后他按每段的意思，讲了木兰“东市买骏马，西市买鞍鞯”替父从军的决心，讲了“万里赴戎机，关山度若飞”的战斗生涯；讲了凯旋后不愿做官，而“愿驰千里足，送儿还故乡”的高尚情操。陈老师奔放的激情，深刻的讲解，吸引着每个学生。末了，他亲切地询问大家听懂了没有，让大家将没听懂的地方或不清楚的问题提出来。前面几个同学发言，提出了过去对一些词的解释不一致，应如何理解的问题。

接着邓惠中发言:“陈老师，我想问这样一个问题，木兰是个女中豪杰，在我国历史上还有不少女英雄，她们都做出了惊人的壮举。应该说世上的男女都一样，可为什么我们妇女总是被压在社会的最底层，处处遭受压迫和欺凌！我们为什么不能掌握自己的命运？”邓惠中很激动，一口气把心里话倒了出来。

邓惠中的一席话，使陈老师惊讶了。他目光紧盯着提问的邓惠中，觉得这个学生思考问题很深刻。他略思片刻，然后有力地说:“这个同学的问题提得好！妇女在多重压迫下，还要受夫权的压迫，所以身上被捆的绳索最多，受的苦难最重。孙中山先生把妇女解放作为革命的一项任务，这是对的。但请同学们想想：受压迫的人仅仅是妇女吗？现在有多少人在压迫下苦苦挣扎！木兰替父从军，去战场上拼杀。同学们啊，为了妇女和所有受压迫人的解放，你们应当努力奋斗，必要时也要挥起刀，拿起枪，冲向杀敌的战场！”陈老师的话深深地刻在邓惠中的脑海里。陈老师还常给学生们讲《祝福》《阿 Q 正传》等进步作品，邓惠中听了很受启发。她总爱向陈老师请教。在多次接触中，陈老师给她讲了很多革命道理。如什么是压迫，什么是剥削，还讲了华蓥山地区进行过的许多革命斗争。一次，陈老师兴奋地告诉她：刘伯承不久前在南充、泸州举行了有一万二千人参加的武装起义……

一天，邓惠中又去找陈老师，陈老师从床下的木箱里拿出两本小册子，让邓惠中抽时间看看，并嘱咐她不要让别人看见，看完就送回。小册子里有《中国革命的道路》等一些文章。邓惠中被这些文章中精辟的论述吸引住了。她接连读了几个晚上，还利用星期天写了学习心得。

星期一早上，邓惠中高高兴兴地来到学校，她想把书还给陈老师，然后就自己弄不懂的问题向陈老师请教。一进校门，她愣住了。有几个学生和老师在陈老师的宿舍前交头接耳地议论，不知发生了什么事情。

邓惠中一打听，原来陈老师被特务抓走了。一个同学告诉她说："刚才窜来几个国民党县党部的特务，说陈老师是共产党，把他捆起来带走了。"邓惠中听了这个消息心如刀绞，没听同学说完，就忍着悲痛跑出了校舍。她在一条小河边的石板上坐下，眼泪禁不住直往外流，感到自己失去了一个好老师，一个引路人。"陈老师这样的好人都被抓，这个社会真是太黑暗了。"邓惠中心里异常愤慨。她回到家里抽抽咽咽地对丈夫说："陈老师昨晚被抓走了，说他是共产党……哼，共产党如果都像陈老师那样，我就认定共产党好……”不久，陈老师被敌人杀害了。陈老师被抓、被害，使邓惠中进一步认识了黑暗社会吃人的本质，她胸中燃烧起了反抗与斗争的火焰。

光阴荏苒，日月穿梭，一晃几年过去了。1930 年秋天，邓惠中从女子师范学校毕业了。

用作小礼堂的大教室里，歌声嘹亮。一百多名即将毕业的女学生欢聚在一起，在一个女学生的指挥下高唱《毕业歌》。那女学生的指挥动作潇洒、利索、准确而富有变化，节奏感很强，大家在她的引导下全都放开了歌喉。在学校苦读了几年，就要走向社会，同学们如同水库开闸，谁不激情四溢，那歌声汇在一起，像激浪一样汹涌澎湃：

我们今天是桃李芬芳，
明天是社会的栋梁。
担承着历史的重任，
肩负着时代的希望。
宝刀初试锋刃利，
指着一个方向。

我们今天是桃李芬芳，
明天是国家的栋梁。

谁说女子非英物，

史册上已有榜样。

只要是民族需要我们，

千难万险也不能阻挡！

……

指挥的那个女学生就是邓惠中。几年时间里，邓惠中以她那助人为乐的品质、良好的情操、优异的学习成绩，赢得了同学们的尊敬，无形中，成了她们的领袖。学校拟定《毕业歌》，让邓惠中参与作词。这首歌里，凝结着邓惠中的心血，也饱含着她的雄心大志。

毕业前夕，同学们都在谈论自己的远大志向，不少人表示要干一番大事业。一个豪绅家庭出身的同学对邓惠中说："我不管干什么，只要出名就行，有了名就能出尽风头，名气是很重要的。"邓惠中说："不能笼统地讲出名，名与名不同，有名垂千古的芳名，有遗臭万年的骂名。我们不能像秦桧那样做遗臭万年的卖国贼，真要想名垂千古，那就做一个对祖国对民族有益的人吧！"这是邓惠中对同学的劝导，也是对自己的鞭策。

就要步入社会了，邓惠中把当教师选作自己的终身职业。这些年来，她越来越认识到社会的黑暗和腐败。她是黑暗社会的一个萤火虫，用善良的心去温暖一些人，比如常常将家中的食物带到学校去，给家里经济条件差的同学吃；也常常在力所能及的情况下接济

和关心穷人。一次，她在回家的路上，见一个衣衫褴褛的穷人饿倒在路上，就主动把他扶起来喂开水。待他苏醒以后，又从饭馆端来热气腾腾的面条给他吃。那穷人感激不尽地说：“你这位大嫂才好哟，我忘记不了你……”类似这样的事情有很多次。冷酷的现实使她看到，靠个人的努力无法将祖国从黑暗的深渊中拯救出来，自己的义举善行不能使广大劳动人民脱离苦难。她受当时“教育救国”思想的影响，认为最好的办法是兴办教育事业，提高全民族的素质，唤起人们的觉悟。她愿做一名教师，像蜡烛那样燃烧自己，给社会带来一点光明，哪怕是一点点的光明。

按照当时的规定，从岳池县女子师范毕业，还不能取得当教师的资格。要当教师，毕业后还要参加一次考试，考场设在邓小平同志的家乡广安县。岳池离广安一百多华里，邓惠中决定步行前往。山道蜿蜒曲折，兵匪骚扰，恐其遇到不测，许多人出来劝阻。无奈邓惠中决心已下，不可更改。准备同行的吕秀兰同学有点犹豫，邓惠中对她说：“不怕，怕啥子嘛。你忘了，我还会一套拳脚呢，保你一路平安！”吕秀兰笑了，两人踏上了弯弯的山道。

这是邓惠中第一次出远门。一路上，人们啼饥号寒、衣不遮体的悲惨景象，使她无心观赏沿途的山河景色。她办教育的决心更坚定了。

到广安后，邓惠中和吕秀兰不虚此行，全都金榜题名，取得了当小学教师的资格。

四、山城送夫

邓惠中来到江西馆小学任教。

往讲台上一站，猛然间感到责任是那样重大，面对一双双渴求知识的眼睛，她的心跳突然急促起来。那种眼神，她童年时代也是有过的啊！第一节课结束之后，她饱含激情地在日记本上写道："孩子们活泼可爱，宛如五六月的鲜花，金灿灿，红艳艳，水灵灵，我对他们，应当是一缕清风，一块白云，一片阳光，一弯溪水，一滴露珠……"

一天晚上，已经八点多钟了，校外一块田边传来阵阵讲话的声音。那声音抑扬顿挫，很有节奏，间或有问话的声音，好似教员在讲课。"讲课"人就是邓惠中。只见她精神高度集中，面对一畦畦的秧苗，一丝不苟地讲解。为了尽快适应教学的需要，讲授好每一节课，她反复做模拟教学练习。开始时，丈夫福谦是她的"学生"，每次听她讲完总要挑一些毛病，指出不足之处。当时福谦在江西馆

小学任校长，每天深夜要批改作业，还要处理一些事务。惠中为了不更多地打扰丈夫，以后就开始单独练习。她把要讲授的内容默记下来，夜深人静时到田边试讲。经过多次练习，邓惠中的讲授水平大有提高，表情自然，感染力增强。她往讲台上一站，孩子们就睁大了又黑又圆的眼睛。

为了教好学生，惠中努力扩大自己的知识面，她坚持不懈地学习，博览群书，精读名著，床上、桌上摆满了书。一个教员开玩笑说："惠中，你硬是钻到书堆里去了。"邓惠中认真地说："我们这些做教员的，不看书，没本事，是要误人子弟的。这叫到什么山上唱什么歌，干啥子事操啥子心嘛！"

邓惠中刻苦钻研，又时时以陈老师为榜样，关心爱护学生，赢得了学生们的尊敬和爱戴。她也自得其乐，用教鞭指点日月星辰，黑板上掉下来的白色粉末，无声无息地溶进了时间的长河。

1931 年一天晚上，邓惠中和丈夫邓福谦从江西馆小学回家，吃过晚饭，夫妻相对而坐。惠中想要说什么，刚要张口，一阵恶心袭上来，急忙走过去向痰盂里呕吐。看她呕吐，福谦赶忙倒一杯开水端过来。近来邓惠中总想呕吐，福谦看到她身体不好，总是尽心尽意地照顾她。

"福谦，我们可能有了……"惠中漱了漱口，转过身，脸红红地说。

"有什么？"福谦没听懂。

“哎呀，你真是死心眼，非要我点明了不成？”

“喔，我知道了，我知道了！”福谦一时间喜得手舞足蹈。

怀胎十月，一朝分娩。阵痛之后，小生命降生了。真是喜上加喜，邓惠中一胎为邓家生了两个胖小子。两个胖小子长得十分相似，都出奇的调皮、活泼，胖乎乎的四只手、四只腿一起挠着、蹬着，那样有力。邓惠中看着他们，心里感到无限的甜蜜。她当了妈妈，开始承担起做母亲的责任了。邓福谦为两个儿子取了名字，大的叫叶甲（后改名叫邓永义），小的叫叶拆（后改名叫邓诚）。两年后，他们又有了一个女儿，取名叶芸，五口之家欢欢乐乐。但此时，邓家的经济状况也越来越困难了。邓掌柜开的店铺早已倒闭（老人家于1931年去世），邓福谦夫妇俩的收入微薄，仅够养家糊口。两人带着孩子，日子过得很拮据。

那时，四川军阀罗泽州、杨森先后盘踞靠近华蓥山周围的广安、岳池、渠县一带。罗泽州从1924年驻广安等县后，大肆搜刮民财，一年要预征五六年的田赋。1930年初，杨森赶走罗泽州，占了广安、岳池、营口、蓬安、南充等县，横征暴敛，到1935年，已预征了三十五年的田赋。军阀刘存厚长期统治华蓥山西北部地区，经常敛财、扩军，老百姓给他取了“六寸厚”的外号，骂他刮了地皮六寸之厚。在封建军阀和地主阶级的层层压榨、盘剥下，华蓥山地区人民生活极为贫困。在残酷的现实面前，邓福谦、邓惠中对社会的黑暗有了更加深刻的认识。

为了寻找生活出路，邓福谦辞去了江西馆小学校长的职务，于1934年去重庆，在一所中学当教员。当祖国的大地上抗日的怒潮汹涌激荡时，邓福谦勇敢地投身到这个浪潮中。他和地下党员、进步青年建立了联系，经常探讨救国救民的真理，还挥笔为抗日呐喊，揭露国民党的不抵抗政策。此时，邓惠中在岳池过着苦难的日子。她既要教书，又要照顾三个孩子，默默地挑起了全家的重担。

邓福谦经常从重庆回来，不断带来新消息。像西安发生事变啦，共产党提出联合抗战啦，北平沦陷、上海失守、平型关歼敌等等，听说日本鬼子侵入我国，步步紧逼，邓惠中怒火填膺。她多么想效仿花木兰，冲上战场和敌人拼杀啊！怎奈这里是后方，自己又被几个孩子拖累，一时壮志难酬。

1938年夏秋之交的一个晚上，邓福谦又从重庆回来了。他帮助妻子干完家务，让几个孩子出去玩，然后神秘而又严肃地看着妻子说:“惠中，国难当头，我们不能坐等灭亡。我要到延安去！”“到延安？”邓惠中那时早已知道延安成了全国抗战的中心，许多青年都越过重重封锁到延安去参加革命。丈夫到那里去，她是同意的。但事前不知道这个消息，感到十分突然，她没吭声。福谦接着说下去:“现在全国掀起了抗战热潮，蒋介石采取不抵抗政策，跑到峨眉山上，抗战要靠共产党，靠共产党领导的八路军。有几个朋友想到延安，我决定和他们一起走，你同意吗？”听了丈夫的话，邓惠中的心情很矛盾，丈夫去延安，她赞成，因为走的是一条光明大道，但一想到丈夫要离开自己远去，心里又有些难受。兵荒马乱，鸿雁难飞，烽火连天，生死难卜。“福谦，不去不行嘛，在这里也是一样可以抗日的呀。孩子们太小，这家……”

“国之将亡，何以言家？日本帝国主义的刺刀一步步紧逼咱们的家园，我一个热血男儿，哪能坐得住。惠中，我知道你的心情，你不想让我离开你和孩子，但我的决心已定。”福谦说。

沉默，很长一段时间的沉默。邓惠中沉思良久，抬起头缓缓地说:“你的决定是对的，你常对我说‘皮之不存，毛将焉附’，有了国，才有家，你放心地去吧，孩子交给我，我一定培养他们长大成人。”

“惠中！”福谦激动地站起来，握住惠中的手说，“谢谢，你要多辛苦了。”

当时到延安去，要经过重重的封锁线，如果被国民党发现，就有被抓被杀的危险。惠中为福谦路上的安全担心。福谦告诉惠中说：“有关同志已和党组织联系好了，去延安途中有人掩护，不会出什么问题的。”邓惠中的心情平静下来后，她暗自提醒自己:福谦就要走了，要尽量不使他记挂家里。于是笑着说:“福谦，你先去吧，过几年我到延安找你。”福谦说:“怕是找不到。到延安去的青年，经过一段训练，都要上抗日前线哩！”“到那时，替我和孩子们多杀死几个日本鬼子！”惠中笑了，福谦也笑了。作为一个坚强的、立志为国家捐躯的女性，邓惠中是多么想和丈夫一道奔赴延安，一道去参加抗日啊。然而，这是不可能的。三个孩子使她一时脱不开身。

福谦三天之后就要从重庆出发，邓惠中抓紧为丈夫整理行装。她浆洗缝补了福谦要带的衣服，紧赶慢赶，又做了两件新衣，还做了一双布鞋，针脚密密麻麻，纳进了妻子对丈夫的深情厚意。为了凑足路费，她把结婚时母亲陪送的一双玉镯送进了当铺，尽量使丈夫在路上手头宽裕一些。她知道丈夫爱吃辣椒，还给他带了两小口袋辣椒面。

福谦走之前一刻也没闲，家里凡是能插上手的事都抢着干。他把房子修缮、打扫了一遍，他找来一些旧纸，给孩子们钉了一摞摞练习本，供他们上学时使用。要离开家了，他总想多干点活，仿佛这样做，才能对得起在家承担生活重担的妻子。

临行那天晚上，惠中把自己养的鸡婆杀了一只，做了清炖鸡，还特意让叶甲去打一斤酒。尽管邓福谦平常滴酒不沾。

饭桌上，孩子们脸上出现了少有的笑容。清炖鸡，很长时间看不见了，眼巴巴地瞅着。邓惠中把一只鸡大腿给福谦放到碗里，福谦没吃，夹给了最小的叶芸，又把另一只鸡腿夹给了叶拆。又挑选两块鸡胸脯上的好肉，一块夹给叶甲，另一块放到了惠中碗里。惠中不要，又夹给福谦，硬逼着让他吃下去。鸡肉很香，夫妇两人心里却别是一番滋味。

夜深了，孩子们进入甜蜜的梦乡。福谦和惠中相对而坐，默默无言，心中都有千言万语，但什么话也说不出。还是福谦打破了沉默：“惠中，我走后，全家生活的重担就落到你一人肩上了。”

“你就放心去吧，我能顶得住，会尽心把孩子们照顾好的。你出去了，要爱惜自己的身子，不要老惦念着家里。”

“还有，我已和几个要好的朋友说好了，要他们多多照顾你和孩子们。”福谦又说。

惠中再也控制不住自己的感情，她一下子扑进了丈夫的怀里。夫妻俩紧紧地拥抱在一起，贴得那样紧，两颗心在强烈地跳动着。七尺男儿，芳龄少妇，都是血肉之躯，谁不愿耳鬓厮磨，永守在一起。但为了国家，他们却毅然牺牲个人的幸福！

月亮匆匆从云层钻出来，夜是那样静。刚才还呼叫着的风变得柔和起来，它不愿打扰这对就要分别的夫妻。

鸡叫三遍，惠中把叶芸叫了起来。福谦原想只身赴重庆，惠中却非要带叶芸去送不可。三人搭车到重庆。下了车，福谦要去和前往延安的人秘密聚齐，分手的时候到了。

山城重庆，被大雾笼罩着。夫妻在浓雾里紧紧握着手。此情此景，难以用语言表达。它不像“风萧萧兮易水寒，壮士一去兮不复返”那样悲壮，邓惠中盼望丈夫在革命胜利后平安归来；也不同“听得道一声去也松了金钏，遥望见十里长亭减了玉肌”那样柔情，那是男女之间的卿卿我我，而这是“送战友，踏征程”……

握着的手终于分开了，两人盼望浓雾消散，盼望着在阳光下重逢的那一天。

五、走上革命道路

福谦到延安去了，邓惠中一人领着三个孩子艰难度日。那时，叶甲和叶坼才八岁，叶芸只有六岁。柴米油盐，吃喝穿戴，缝补浆洗，里外应酬全靠惠中一个人。她不仅承担着全家生活的担子，还肩负着教育几个孩子的重任。

这天晚上，邓惠中让叶甲、叶坼背诵她教的课文《蚕姑娘》，然后让小哥俩每人默写一遍。

“春天天气暖洋洋，蚕卵钻出蚕姑娘。

又黑又小的蚕姑娘，吃了几天桑叶，就睡在蚕床上，不吃也不动，脱下黑衣裳。醒了，醒了，变成黄姑娘。

又黄又瘦的蚕姑娘，吃了几天桑叶，又睡在蚕床上，不吃也不动，脱下黄衣裳。醒了，醒了，变成白姑娘。

又白又嫩的蚕姑娘，吃了几天桑叶，又睡在蚕床上，脱下旧衣裳，换上新衣裳。醒了，醒了，身体渐渐长胖了。

又白又胖的蚕姑娘，吃了几天桑叶，又睡在蚕床上，脱下旧衣裳，换上新衣裳。醒了，醒了，身体渐渐发亮。

睡了四次的蚕姑娘，吃了几天桑叶，就爬到蚕山上，吐出白丝，盖间新房。成了，成了，茧子真漂亮。”

叶垿先写完，他瞪着滴溜圆的眼睛问：“妈妈，蚕宝宝吐丝结茧，好干什么呀？”

“做衣服，做很漂亮的衣服。”邓惠中回答。

“我要穿丝织的衣服。”叶垿说。“我也要穿，我也要穿！”叶甲和叶芸也跟着嚷嚷。

“孩子们，丝织衣裳很贵很贵的。地主豪绅们才穿得起，他们靠剥削过日子，手头钱多的是，我们哪里穿得起哟！一首民谣唱道：‘盖房的住草房，种地的没口粮，当裁缝的没衣裳。’说的就是这不合理的世界呀！”

邓惠中耐心地给孩子们讲着，她总是这样循循善诱。正要接着往下讲，门吱呀一声开了，福谦的好友王召走了进来。

邓惠中急忙起来让座，福谦的几个朋友，惠中有的认识，有的原来不认识。其中有王召、蔡衣渠、徐庶声等，他们都已秘密加入了共产党，以教书和其他职业做掩护在岳池县从事革命工作。这几个人很热情，常常到家里来帮助照料他们的生活，并在思想上对邓惠中进行开导。

在今天的交谈中，王召给邓惠中讲了抗战的形势、任务，希望她能从小家庭中走出来，加入抗日斗争的滚滚洪流中去。

“惠中，你给孩子们讲的《蚕姑娘》，讲得可真好，我都听见了。春蚕吐丝，把自己封闭在里边。如果它破茧而出，外边可是很大的天地哩！”王召呷一口茶，语重心长地说。

“你的意思我明白了。前些日子，我还为不能和福谦一道去延安感到遗憾呢！”惠中说。

“抗战不分前方后方，将士们在前线流血杀敌，后方的许多事也需要人做。大家一齐努力，就能把日本鬼子赶出中国去！”王召又说道。

邓惠中点点头。她本来就渴望为抗战做点有益的工作，经王召他们一指点，就以满腔的热情投入了斗争。

1937 年 7 月 7 日，日军在北平附近卢沟桥进行挑衅性军事演习，借口一士兵失踪，无理要求进入宛平城搜查，遭到拒绝后，竟向中国驻军发动进攻，炮轰宛平城和卢沟桥，我国驻军奋起抵抗。接着，日军又在上海挑起事端。日本官兵二人因驾驶军用汽车冲入上海郊区虹桥军用机场寻衅，遭中国卫兵枪击丧命。日军以此为借口于 8 月 13 日大举进攻上海。当地驻军在全国抗日运动的推动下，奋起抵抗。“七七”卢沟桥事变，揭开了中国全面抗战的序幕。全国各阶层人民怀着极大的民族义愤，热烈拥护中国共产党提出的抗日民

族统一战线的主张，抗日的烽火燃遍了祖国大地。中共中央在重庆设立了南方局，由周恩来同志负责，领导南方数省的抗战活动。大后方人民群众紧急动员起来，父母送子去参军，妻子送郎上战场。地处偏僻的华蓥山区的岳池县，在党组织和进步人士的组织发动下，也响彻了抗日救亡的歌声。

邓惠中积极参加党领导的抗日救亡的宣传活动。她发挥自己的特长，在群众中教唱抗日歌曲，演出抗日剧目。一个热闹的赶场日，四乡八村的人们熙熙攘攘向县城拥来。繁华十字路口新搭起的戏台前，万头攒动，水泄不通。台上正在演《护士与伤兵》。演护士的演员扮相好，唱得也好，精心护理在抗日前线负伤的士兵，情真意切，赢得了一阵阵掌声。护士的扮演者就是邓惠中。她先后演出过《流亡三部曲》《高粱叶儿青又青》《济南城外》等话剧。还曾和儿子叶拆一起，扮演被日本鬼子毁了家园到处流浪的母子俩，她悲愤地唱道："手拉着小儿子沿村讨饭，日本鬼子毁坏了我的家园。一想这国仇家恨，禁不住泪水涟涟……"字字泣血，催人泪下。她教唱的抗日救亡歌有《黄河大合唱》《救亡曲》《长城谣》《大刀进行曲》《义勇军进行曲》等几十首。

为了使自己的抗日宣传活动以合法的形式出现，她邀吕秀兰、李国翠等同学，发起组织了"生期会"。她们经常和会员们一道上茶馆和人群密集的地方去讲演，向广大群众宣传救国图存的道理，四处张贴揭露日本帝国主义罪恶的宣传画和写有抗日口号的标语。

邓惠中不仅用自己的行动去激发后方人民的抗战热情，还想给前方将士以鼓舞。她把学校的学生组织起来做慰问袋，写慰问信。信纸用红纸裁好，一打一打，五寸见方。她挥笔疾书，写上慰问前方将士的话。一封封信，伴随着大后方人民的心飞向前线，化作杀敌的力量。抗战开始后，各地都在筹集物资，源源不断地送往抗日前线。邓惠中带领江西馆小学的学生们，通过举行游艺募捐大会等办法动员群众踊跃捐献。她不仅把自己微薄收入的一部分捐给了前线，而且将她出嫁的陪奁都拿出来变卖了。一次地方党组织决定发动群众募集一批过冬的棉鞋、棉背心之类的棉织品，送到前线去。邓惠中得到消息后，与几个女教师连夜赶做了几十双棉鞋，筹集了一笔经费，交给来联系的地下党员，通过地下交通线送到前方去了。她对一起做鞋的姐妹们说："前方的战士提着脑袋打日本鬼子，比我们更辛苦，我们要少吃少穿少睡觉，做好后勤供应工作，支援他们打胜仗，让日本鬼子早日滚进太平洋里去！"

为抗战日夜奔波，惠中消瘦了。但她精神特别好，从来没有像现在这样从工作中得到极大的欢乐。福谦的朋友们看到邓惠中致力于抗战工作，很高兴，决定委她以重任。

抗战开始以后，中共中央从延安陆续派了一些同志回四川。这些同志先到成都，然后分配到其他地区，任务是在四川各地建立各级党组织，领导抗战。在川东，不仅成立了川东特委，而且建立了北碚、南充等中心县委。岳池县的党组织属于南充中心县委领导。南充和岳池相距一百多华里，上下级之间要经常来往，互通情报，需要建立一个秘密的联络站。邓惠中是小学教师，有职业做掩护，人又坚强。她的家在江西馆小学后边，从深深的巷子里进去，十分僻静，不易被发觉。岳池县党组织打算把她家作为秘密的联络站。为了慎重起见，党组织对邓惠中进行了一次考验。

一天，晚饭后，党的负责人蔡衣渠交给邓惠中一封信，要她设法尽快送到南充县城，交给一个姓陆的郎中。

邓惠中手捏着这封信，虽然只有两张纸，但是她却觉得沉甸甸的。蔡衣渠给她讲了联络暗号、接头方法、收信人的特征和如何摆脱盯梢，邓惠中都一一记牢了。

送走蔡衣渠，邓惠中把信缝进衣服大襟两层布的夹缝里，此时，她想起了陈老师，那是她接触到的第一个共产党员；她又想起了自己的丈夫邓福谦不顾生死地投身于抗日斗争的最前线。现在她朦朦胧胧地感到，自己虽然没去延安，但共产党就在自己身边。刚才，她想问蔡衣渠是不是共产党员？自己能否要求加入组织！但话到嘴边，又收了回去。怎么好随便问党的秘密呢？再说自己能不能加入，那也要看够不够格，办好交办的事，努力争取就是了。她把这次送信的任务看得很重很重，觉得这是党交给自己的任务，就是冒着生命危险也要去干。

她情不自禁地漫步到院中，这时一轮圆月已从东山升起，月色溶溶，银光泻地，邓惠中有意识地静站一会儿后，开始活动关节、曲腰、震脚，她想练练已经生疏了的拳术。说不定什么时候用上呢！她虽然生活在县城，但也只去过广安、重庆。去广安考任教师有同学为伴，到重庆那是送丈夫福谦。南充是以前没有去过的，又是只身前往，需要防备不测。将陈式太极拳练了几遍，她出了一身汗，显得格外轻松。

第二天早上，天刚蒙蒙亮，邓惠中就动身了。此时，天际才泛出鱼肚白色，远处偶尔传出几声鸡啼。一个坚强的女性，在通往南充的弯弯山道上迈动着急促的脚步。

邓惠中下午到了南充县城。在吉祥胡同找到了陆家诊所，看四周无人，她便从容地走进了诊室。

“陆医生在家吗？”邓惠中问道。

一个人应声从里屋走了出来。啊，邓惠中似曾相识，她急速地在脑子里思索着，终于想起来了，这就是那在张家湾墩子被自己一拳打得鼻口出血的张大发。

张大发这个横行乡里的无赖，坐吃山空，荡光家产，不得已投靠了在南充做事的表叔，后来参加了特务组织。这时，他也认出了站在自己面前的，就是曾经打过他的邓惠中。那时她是个 10 多岁的小姑娘，现在已人到中年。

两人隔着柜台，四目相视，真个是仇人相见，分外眼红。但谁也不先说破。

“找他干什么？”张大发眨巴着眼睛说。

“孩子病了，讨服药。”“什么药？”

“开有方子！”邓惠中把手伸进口袋。

“邓惠中，装你妈的什么洋蒜！”张大发猛地一拍柜台，露出了恶狠狠的凶相。

邓惠中也不示弱：“我孩子有病，来找医生，你乌龟穿衣服，硬装什么人！”

张大发气势汹汹地冲了出来，邓惠中急速退到了胡同中间。一边拉开架势，一边故意大声嚷嚷：“你凭什么欺侮妇道人家！”几个过路人见了，过来围观。

张大发气呼呼地说：“老子今天有任务，不给你缠，过两天再收拾你！”

邓惠中看出此地不可久留，一边愤愤地数说着，一边移动脚步走开了。

在另一个备用联络站里，邓惠中和党组织接上了头。联络员告诉她：“陆医生被抓走了，特务正在那里‘钓鱼’。”因为邓惠中没有上敌人掌握的名单，才侥幸脱险。

这次南充之行，邓惠中出色地完成了组织交代的任务。以后多次的联络中，她都表现得很勇敢、机警。中心县委领导同志对她的印象很好，决定发展其入党。

1939 年 9 月，邓惠中终于实现了埋藏在心底已久的愿望，她在南充光荣地加入了中国共产党。在党旗前，她激动地举手宣誓："我加入了党，就是党的人了。无论何时何地，宁愿牺牲自己，也决不泄露党的机密，自愿为革命奋斗终身！"

六、噩耗袭来

正当全国人民同仇敌忾，和日本帝国主义进行殊死斗争的时候，国民党统治集团于 1939 年底到 1940 年春季，掀起了第一次反共高潮。1939 年 12 月，国民党军队向陕甘宁边区进攻，袭击了八路军驻防的淳化、栒邑、正宁、宁县、镇原五城，并使用了飞机。同时阎锡山在晋西进攻共产党领导下的抗日决死队。后来在华北派遣朱怀冰部袭击太行区域的八路军。紧接着，国民党又掀起了第二次反共高潮，在 1941 年 1 月制造了骇人听闻的“皖南事变”。

国民党不仅在战场上向我党领导的军队进攻，而且制定了许多反共反人民的法令，加强特务机构，企图一举消灭各地党的组织。在国民党陪都的山城重庆，中统、军统特务秘密搜捕共产党人，同时把魔爪伸向附近各县。在岳池，特务组织一边张开罪恶的网搜捕共产党人，一边对知识分子威逼利诱，胁迫一些人加入国民党，以扩大反对势力。

在反共高潮中，岳池县政府召集全县部分中小学教员在县城开会，名为“叙绩”，实则是进行审查，诱逼他们参加国民党和三青团。邓惠中也在这些教员之中。

“入本党是自觉自愿的，不愿入的公开声明，可以讲讲理由嘛！”主持会议的特务头子故意装出很平和的样子。

会场长时间沉默，教员们不说话。他们知道如若出言不慎，打击迫害就会接踵而来。

“好，不说话就是同意了，每人填写一张登记表！”

“我不参加国民党！”就在特务头子话音刚落的当口，邓惠中说话了。

“什么理由？”特务头子眼睛里射出凶光。

邓惠中镇静自若，胸有成竹地讲道：“我父亲生前靠教书谋生，也希望我做一个本分的教员。他老人家谢世之日曾留下遗言，不许子女加入青洪帮、哥老会等这帮那派，否则就是不肖之子。我若随便加入国民党，怎对得起先父在天之灵？”邓惠中的一席话说得特务哑口无言。

其他教师受到启发，也纷纷提出各种理由，拒绝加入国民党和三青团。

特务头子气得七窍生烟，又不好当场发作，遂决定用卑劣的手段惩罚邓惠中：“没表态的继续开会，凡提出不入国民党的参加集训，从即日开始走七天正步！”

赤日炎炎，邓惠中和一些教员在军事教官的监视下，被迫在操场上走着正步。七天下来，身子像散了架。但她感到安慰的是，自己保持了共产党员的纯洁，粉碎了敌人的阴谋。邓惠中深知敌人决不会就此罢休，在思想上做好了进一步迎接严峻考验和处理复杂情况的准备。

一天，岳池县特务头子、国民党县党部特委会主任曹补之，让人把邓惠中叫到县党部。邓惠中一进门，曹补之就迎了上来："请，请！”又是让座，又是招呼人倒茶，装成十分谦恭的样子。邓惠中很厌恶地说："有什么事你就说吧，我还要到学校给学生上课。""知道，知道。邓老师教书很忙，家务也很重，一人带三个孩子不容易呀。哎，你丈夫福谦到哪里去了？”曹补之说着说着，把话锋一转，小眼睛紧盯着邓惠中的脸。

邓惠中理直气壮地答道："到前线去了，抗日去了。"

"嗐！福谦这个人也真是，一去就是几年，莫不是到了延安？”

"我不晓得！人出去了，我又不能跟着。"邓惠中很干脆地回答。

"就是在延安也好嘛，都是为了抗日。只是共产党也太残忍，不准福谦回来看看？”曹补之不死心，又追问道。

"这些我都不晓得，我只知道教书！”邓惠中不上圈套。

对方有点气恼，带着威胁的口吻，皮笑肉不笑地说："以后家中有难处，给我打个招呼。只是福谦若回来，或有人找他，可要告诉我一声。”

从国民党县党部出来，邓惠中估计敌人还没有发现自己的真正身份，不知道自己入了党。他们是想进一步发现线索，破坏党的组织。今后的斗争将更加艰苦。不出所料，从此之后，邓惠中家胡同门口茶馆里的生意突然兴隆起来，几个贼头贼脑的人经常在那里吃茶，还不时地用贼眼朝通往邓惠中家的胡同瞅来瞅去。

敌人一再追问福谦的下落，勾起了邓惠中对丈夫的思念，一晃三年过去了，丈夫现在在哪里？是在宝塔山下，还是上了杀敌前线？是在演剧办报搞宣传，还是在刀光剑影中冲杀？福谦身子单薄，现在可强健？邓惠中是多么想知道一点丈夫的音讯啊！

邓惠中刚强、乐观，丈夫走后，勇敢地挑起了全家的生活重担。她并非多愁善感之人，但作为一个妻子，何曾减少过对丈夫的思念！福谦刚走那阵，邓惠中睹物思人，看见床头丈夫装衣服用的小木箱，她就想起丈夫那熟悉的模样；看见丈夫使用的砚台，她就想起丈夫挥毫疾书的神态；甚至看见墙上丈夫钉的一排钉子，她都回想起丈夫侧起身、偏着头，手握锤子一锤一锤往墙上钉的情景。那是丈夫为挂辣椒钉的。当时，邓惠中正提着许多串穿好的辣椒站在后边。钉子钉好，丈夫接过辣椒串，一串串红通通的辣椒被挂在钉子上。那情那景历历在目。敌人追问福谦行踪，其实邓惠中除了知道丈夫去延安之外，别的什么也不知道，一千多个日日夜夜过去了，没接到丈夫一封信，得不到丈夫的任何信息。她不露声色，把思念之情深深地埋在心底，把夫妻相会的希望寄托在革命胜利的那一天。

一天上午下课后，邓惠中在回家路上，看见近邻的几个婆婆、嫂嫂、婶婶们围在一起议论什么，当她一走近，大家都不吱声了，她感到奇怪。回到家里正在做饭，大儿子叶甲抽泣着跑了进来："妈妈，人家说……""说什么？"邓惠中心里咯噔一声，急忙奔过来，她以为又有哪个同志被捕了。孩子哇地哭了："人家说我爸爸被日本鬼子杀害了！""什么？"邓惠中脑袋轰得像要爆炸一样，眼睛直冒金星，一下子坐在了竹椅上。叶甲说，他去二婶婶家玩，二婶婶和几个人正在议论这件事，他从门缝里听到了。这时，邓惠中强撑着站了起来，一把拉过叶甲，向二婶婶家奔去。二婶婶看见邓惠中脸上满是泪痕，知道这件事遮掩不住了，才说出了事情经过。外面传说福谦跑到延安，从延安到了抗日前线，和一些人去敌占区搞抗日宣传，一天被鬼子抓去了，全都被杀害了。这话是从外乡传来的，那里有个人和福谦一起去的，也被害了。那人家里最近得了这个消息。"妹子呀，三里路没真信，恐怕是误传，你可不要往心里去！"二婶婶劝慰邓惠中，在场的人也都纷纷劝她。是敌人造的谣？是误传？还是真的？邓惠中心里痛苦极了。但她不能过多地表现出悲痛，自己是党员，自己家是党的秘密联络站，稍有不慎，引起敌人怀疑，会给组织带来损失。

晚上，她把几个孩子叫到一起，忍着悲痛说:“你们的爸爸是到延安去了，现在还在那里，这事不能乱说，也不要轻信谣传。你们好好学习、做事，将来一定能见到爸爸！”邓惠中缓缓地说着，表面平静，心里却似万箭穿心。前几天，她还为福谦做了一套衣服。衣服还没寄，却传来了噩耗！

这一夜，大风呼号。邓惠中躺在床上，眼泪顺着脸颊向下流淌。外面的风刮得更猛了，黑夜漫漫，何时才能迎来黎明啊！

夜半时分，小叶芸被一阵哭泣声惊醒了，开始，她以为自己在做梦，但等她睁大了眼睛，那哭泣声仍时断时续地传来，就在自己身边。她伸手一摸，妈妈的枕巾都被泪水湿透了。准是妈妈又想起了白天那使人难受的消息。她想解劝妈妈几句，但又不知说什么才好。一想到自己失去了亲爱的爸爸，叶芸也失声痛哭起来。

邓惠中听见叶芸在哭，把女儿拉过来揽在怀里。叶甲、叶拆在外间的小竹床上睡着了，屋里是那样静。母女俩紧紧地抱在一起。邓惠中给女儿擦了一把眼泪，哽咽着说:“孩子，别哭了，坚强些。在抗日前线，天天都有人牺牲，为了祖国，牺牲也是值得的……虽然你爸爸很久没有来信了，但我总觉得他不会死，我一定要把你们抚养成人，将来他看到你们都很有出息，该有多高兴啊！”

邓惠中虽然不愿意相信这消息是真实的，但她知道，这种事在战争中经常发生，凶多吉少。每想到自己可能永远失去了丈夫，就心如刀绞。那长滩寺的初晤、小家庭里的爱恋、有了儿子时的欢悦、重庆山城的送别等等场景，都一幕一幕地在她脑海闪现。记忆的屏幕上，一会儿是福谦披红挂绿迎亲的身影，一会儿是娓娓动听地给自己讲故事的神态，一会儿是手拿教鞭给学生上课的英姿，一会儿是分手时表情丰富的面容……那眼睛又明又亮，那嘴唇棱角分明，那头发又黑又密而略有些卷曲……这一个一个的镜头，都使邓惠中增加了痛楚之感。

然而，邓惠中并没有被悲痛压倒，她硬是把悲伤埋在心底，默默地承担起党交给自己的重任。

七、乡村女教师

当时党中央指示各地同志要勤于学、勤于业、勤于交友，一定要掌握有理、有利、有节的原则，利用合法身份同国民党顽固派开展斗争。还指示要在各地逐步扎下根子，以实际行动取得当地群众的同情和信任。总的方针是:隐蔽精干，长期埋伏，积蓄力量，以待时机。根据这个精神和当地的实际情况，岳池县党组织决定把主要精力放在农村，放在对农民的宣传鼓动上，进一步激发广大群众的抗战热情，并为今后的革命斗争打下坚实的基础，确定选派一批有合法身份、能力强的同志到农村工作。

邓惠中主动报了名，说自己生长在农村，对农民熟悉、了解，便于工作，既可用小学教师的合法身份做掩护，又有利于开展宣传工作，却只字未提自己家中的困难。组织上看邓惠中态度坚决，又确实需要这样的好同志去农村，就同意了她的请求，派她到华蓥山下阳和场一个偏僻的山村，从事抗战宣传、农运和妇女工作。

那时，卧病在床多年的婆婆已经去世。婆婆在世时，邓惠中精心侍奉，端饭送水，接屎接尿，一点也不嫌弃。邻居们都称赞说："惠中对婆婆比对亲娘还要亲哪！老人是微笑着离开人世的。"要下乡了，邓惠中牵挂三个孩子。叶芸年纪小，邓惠中决定把她带在身边；叶甲、叶拆留在城里没人照顾，邓惠中决定把母亲从长滩寺接到城里来。她带着几个孩子回到自己的故乡长滩寺村。

自从邓家一顶花轿把她抬到县城后，邓惠中忙于求学、抚养孩子、参加革命工作，很少回到故乡。这次回来，妈妈已是白发苍苍了。

"妈妈，您老了！"邓惠中感慨地说。"能不老吗，你都快40岁了！"妈妈慈祥地望着女儿。妈妈问起福谦的行踪，邓惠中强忍着悲痛，没有说出听到的不幸消息。她不愿给一颗衰老的心再增加痛苦。已到风烛残年的母亲，不愿离开故土，但女儿提出后，却欣然应允了。老人对待儿女就是这样，只要儿女满意，要她做什么都行，一切都可以献出来。这些年来，母亲已深深了解自己的女儿，她觉得惠中走的是正道，她为女儿自豪。

来到乡下，邓惠中和叶芸住在破庙里，到那里的当天晚上，邓惠中在油灯下挥毫写下了陆游那首《十一月四日风雨大作》一诗，赫然挂在床头。"僵卧孤村不自哀，尚思为国戍轮台。夜阑卧听风吹雨，铁马冰河入梦来。"

这是一个共产党员借古诗抒发自己的壮志豪情。那破庙修在山下的岩洞中，山水渗下来，洇湿了墙壁，被子潮乎乎的，邓惠中长了大片大片的疥疮。就是在这样的境地中，邓惠中到处点燃火种，激发了群众的抗战热情，为华蓥山武装暴动准备条件。

她白天给学生教书，晚间为农民办夜校，教他们识字、学文化，讲抗日故事，宣传革命道理。

她知道农村的孩子们上学不容易，教书特别认真，赢得了学生和家长们的信任。她通过家访、社交和参加农村劳动，广泛结交各阶层的朋友，团结了一大批力量。

她为人正直、热情，乐于助人，关心农民疾苦，经常为乡亲们排忧解难，男女老少都愿意跟她讲心里话。有时两家闹矛盾，也要找“邓大姐”裁决。有时夫妻吵了架，干了仗，也找她评理。一首歌谣唱道:“邓大姐，真能行，各样道理讲得明。夫妻哭着去找她，回来脸上阴转晴。”

在广泛团结农民群众的基础上，邓惠中对其中的积极分子进行帮助，发展他们入党。仅在西溪乡一个地方，就发展了十几名党员，并成立了党支部。

邓惠中到农村工作后远离县城，不能照顾三个孩子。有的人说她是狠心的妈妈，邓惠中也惭愧地觉得自己是个不称职的母亲。共产党员也是普普通通的人啊！作为母亲，谁不愿意把自己的子女照顾好，使他们饭饱衣足;谁不愿意和孩子们厮守在一起，享受天伦

之乐？但当照顾孩子和革命事业发生矛盾的时候，一个革命者只能舍弃母子私情。邓惠中这样做了，然而她的行动却不被某些人理解，也不被自己的孩子们完全理解。有的人曾对几个孩子说："你们的妈妈好狠心哟，为啥不在家照顾你们？"

邓惠中开始只把叶甲、叶拆留在家里，后来感到把叶芸带在身边，工作不方便，就把叶芸也送回城里。这时，三个孩子都已上学，因为有外婆照看，才喝上一口热汤，吃上一口热饭。邓惠中在农村做小学教员，收入是微薄的，她见到缺吃少穿的农民，还常常周济他们，因此，尽管自己尽量节省开销，但每月给家里的生活费仍然是不多的。叶甲、叶拆、叶芸兄妹三人在江西馆内过着清苦的生活，他们很少吃肉。

有一天，外婆笑呵呵地对叶芸说："今天是你的生日，外婆给你打'牙祭'，好不好？"叶芸早就馋坏了，高兴得跳了起来。吃饭的时候，外婆端出来一碗青椒炒肉，叶芸和两个哥哥狼吞虎咽地吃了起来。第二天，外婆问叶芸："昨天的肉好吃吗？""好吃极啦！外婆,那是什么肉？""傻孩子,那是耗子肉！""耗子肉？多脏呀！"叶芸简直有点恶心了。外婆说："我把皮扒了，洗得干干净净，不要怕……"叶甲、叶拆却满不在乎："怕啥，只要香就行！过两天我抓几条蛇来给你尝尝。"过了几天，他们果然抓了几条蛇来，让外婆烧来吃，他们就是这样改善伙食的。

邓惠中的母亲尽心照顾三个孩子，可是到底年岁大了，由于操劳过度，一天突然卧病不起。邓惠中得知这个消息，急忙从乡下赶来，老人只剩下一口气了，手脚开始发凉，唯有眼睛还未闭合，仿佛不最后看女儿一眼决不溘然长睡。看着母亲那张熟悉的面孔，邓惠中难受极了。她为母亲病重时自己没能守在面前端汤喂药而深感内疚，难过地扑在母亲身上大哭起来。孩子们也哭了。

安葬了母亲，邓惠中又要回乡下去了。“妈妈，外婆去世了，你又要走，谁照顾我们呢？”叶甲说着，眼里的泪珠滚落下来。叶芸拉着妈妈的衣角寸步不离。妈妈此刻的心情又怎样向孩子们诉说呢？为了革命工作，她狠了狠心，好说歹说，把孩子们安顿下来。分手时，孩子们恋恋不舍，他们看见妈妈的眼里也噙着泪花。

邓惠中走后，只有过年才回家几天，平时很少和孩子们见面。三个孩子独立生活，饥一顿、饱一顿。他们看见别的孩子背着干干净净的书包去上学，眼瞅着人家由爸爸、妈妈领着散步，羡慕极了。一天，邓惠中捎来口信，让叶甲到乡下半路上的一个小店前同她见面，取生活费，三个孩子很高兴。这几天，烧柴快没了，米缸也露了底。兄妹三个在床上睡不着觉，盘算用这些钱买什么东西。想着妈妈也许会顺便捎点好吃的东西来。第二天一早，大哥叶甲就上了路。叶坼、叶芸眼巴巴地等啊，盼啊。太阳落山，叶甲终于回来了，一副没精打采的样子。原来，叶甲在约定的地方等到下午，眼看太阳快落山了，还没有看见妈妈的影子，他肚子饿得受不了，才跑了回来。一听说没见到妈妈，三个孩子哭成一团。

一次，兄妹三人一连饿了好几顿。妈妈的钱刚一捎到，叶甲就急忙去把米买回来，叶拆劈柴，叶芸烧火。“哥呀，咱们做干饭吧！”叶拆冲着叶甲说：“干饭好吃，香喷喷的。”叶芸也附和道，她仿佛已闻到了米饭诱人的香味。叶甲沉思片刻，毅然地说：“不，做稀饭。我听说饿久了的人，一下子吃得太饱，会撑死的！”粥做好了，冒着腾腾热气，三个孩子每人捧一碗，头也不抬地喝着，那是多么香甜的粥哟。

三个无娘管的孩子生活困难，一天天瘦下去。邻居们怜悯地说：“孩子们的脖子都像磨盘芯了，妈妈咋还不回来呢！”几个孩子也想不通，妈妈为什么偏要扔下他们到山沟里教书。一次，邓惠中回来了，叶芸憋不住，把心里的话掏了出来：“妈妈，你为什么不照看我们，为什么不回城里来教书呢？”邓惠中紧紧地把叶芸搂在怀里说：“孩子，妈妈也想你们啊！但是，现在有成千上万的孩子在帝国主义的铁蹄下生活，为了救他们，也为了你们以后能过上幸福的日子，我只好暂时扔下你们，你们可要体谅妈妈呀！”

听了妈妈的话，三个孩子似乎明白了什么，但孩子毕竟是孩子，他们默默地盼妈妈早日从乡下回来。

在国民党接连两次的反共高潮中，川东、川北等地一些党组织遭到破坏。南充中心县委领导人被捕，领导成员相继转移，停止了活动。岳池县党组织当时归南充中心县委领导，南充中心县委遭到破坏后，便和上级失去了联系，组织内部也出了问题。

此时正在农村工作的邓惠中，一度失去了和党的联系。过去一直是按组织的指示工作，现在既见不到自己的同志，又听不到什么消息，她心里没着没落，很是焦急。

几个孩子在县城艰难度日，眼巴巴地盼望母亲回去。邓惠中也曾经考虑过回县城一段时间，照料照料孩子们，但转念一想，自己和组织失去了联系，现在不能离开。一旦离开，组织上派人来就找不到自己，于是，她打消了回城的念头。她一边默默地在农村工作，一边等待组织派人来接关系。

一天下午，邓惠中刚到学校，一个素不相识的女人送来一张条子，上面写道："明晚，到长滩寺与娘家人见面。"她眼睛一亮，心也急速地跳动起来："党啊，准是您派人找女儿来了。"

第二天，邓惠中谎称娘家嫂子有病，需要回家探望，请假回到了长滩寺。哥哥嫂嫂侄儿侄女见惠中回来，都格外高兴，张罗着给做好吃的。虽说没有山珍海味，农家风味菜也摆了一桌子。全家正吃晚饭，突然有砰砰砰的敲门声。为了安全起见，邓惠中让侄女张淑贞去开门。不一会儿淑贞回来了，说来人是泸州口音，高个子，非要见邓惠中不可。邓惠中到了门外，警惕地问："请问哪里来的？"

来人一字一顿地说:“从家里来！”邓惠中一听暗号对上了，急忙和这个同志握手，眼泪情不自禁地淌了出来。

来人名叫朱光璧，他原先在阆中做党的工作，因暴露了身份，才于 1942 年春节来到了南充。这年暑假期间，朱光璧要到岳池县清理党的组织，传达上级党组织的指示。岳池县的唯一接头人是邓惠中。

在长滩寺，朱光璧给邓惠中讲了形势，谈了这次来的任务。1940 年 4 月，中共中央所辖的川康特委（相当省委）被敌人破坏，罗世文、车耀先同志在成都被捕。川康特委解体后分为川北、川东、川西几个工委，中心县委（相当地委）都做了改组。上级决定，岳池县党组织仍归南充中心县委领导。

听说上级要清理岳池县党组织，邓惠中眼中闪耀着兴奋的光彩。她详细介绍了岳池县党组织遭破坏后的情况，分析了哪些党员可以接关系，哪些党员可暂不接关系，和朱光璧一起制订了清理计划。对于如何化装、接头，互相掩护，他们都想得很周到。最后两人决定先到岳池县城开展工作。

在长滩寺住了一宿。天亮后，邓惠中给朱光璧化了装，两人一起出发。她在前面走，朱光璧相隔一段距离跟在后边。到了邓惠中家，朱光璧秘密地住了下来。

通过邓惠中第一个接上关系的是徐明华。在渠江的一只小木船上，徐明华向朱光璧汇报了当地的一些情况，又通过他在罗渡找到了徐庶声。“二徐”是岳池党组织的骨干，他们联系的丁蕴玉等人的组织关系也都接上了。

一天晚上，邓惠中按照朱光璧的吩咐，通知一个同志到家里接头。不巧遇上了几个外人来找邓惠中。工作暂时无法进行，邓惠中急中生智，招呼大家打麻将牌。打牌中间，那位同志无意中叫出了“张君丽”这个邓惠中曾经用过的化名。邓惠中内心紧张，但神情坦然，她装作没听见，根本不理会，却用脚在桌下重重地踩了一下对方的脚。那位同志会意，马上意识到了自己的过失。第二天早上，邓惠中送这位同志出城，语重心长地说:“昨天晚上我踩你的脚，还痛吗?今后可不能再大意了！”

几天之后，邓惠中带领朱光璧来到她教书的阳和场，接丁鹏武、向绍玉夫妇的组织关系。丁向夫妇虽然都是党员，但那时是单线联系，谁也不知对方的身份。向绍玉的关系接上了，却没有找到丁鹏武。邓惠中向朱光璧介绍了丁鹏武的情况。丁鹏武 1932 年在岳池中学读书时加入中国共产党，因积极从事革命活动被开除学籍，他曾在阳和场开了一个茶馆，叫“讲理公所”，意为国民党政府衙门不讲理，穷人有了冤屈可以到这里来公断。茶馆门前贴了一副对联：穷居闹市饿死无人管四处求不到裹尸席子；富处深山闲事有人问棍棒赶不走舔肥龟儿。因他处事公正，疾恶如仇，人缘好，在群众中很有威信。邓惠中主张接上丁鹏武党的关系，通过他把这一带的工作开展起来。为了找到丁鹏武，邓惠中和朱光璧前往中和场。

没想到刚到中和场旅馆住下，朱光璧就被一个形迹可疑的人盯上了。他在旅馆门前的小摊上买了一盒烟，旁边这个人一听朱不是本地口音，就跟着进了旅馆，在他住的房间门前瞅来瞅去。朱光璧来到邓惠中的房间将这个情况一谈，邓惠中很着急。老朱是党的中心县委书记，一旦被敌人抓去，会给党组织带来多么大的损失！她略思片刻，有了主意，便附在朱光璧耳边悄悄说了几句话，朱光璧会意地点了点头。

片刻之后，一个身穿长袍，头戴礼帽，带一副墨镜的人从旅馆走了出来。他不慌不忙地在街上走着，来到一个胡同口，突然拐了进去。跟踪的人跑步跟了过来，却不见了去向。正在纳闷，一个中年妇女提着一个花包袱儿，从近处的厕所里走了出来。

在约定地点，邓惠中和朱光璧会合了。看到自己的同志脱离了危险，邓惠中松了一口气。他们二人冒着危险四处奔走，先后接上了几十个党员的组织关系（这些同志后来都成了华蓥山武装斗争的骨干），很好地完成了川北工委交给的清理组织的任务，岳池县党的工作又重新开展起来了。从这时候算起，邓惠中按照党的指示，又在农村战斗了三个春秋。

八、江西馆小学校长

1945年8月15日，日本宣布无条件投降。中国人民经过十四年浴血奋战，终于取得了抗日战争的胜利。这是1840年以来，受尽屈辱的中国人民，在付出巨大的牺牲之后，赢得的一个完全胜利。在这欢庆胜利的时刻，中国大地到处是欢笑声，到处是鞭炮声，人们奔走相告，通宵不眠，以各种方式表达胜利的喜悦。此时的邓惠中因被组织上派去重庆送一封密信，滞留在战时陪都，她涌入欢庆胜利的人流，沉浸在欢乐的海洋中。在重庆，人们自发地举行了盛况空前的庆祝活动。地处主城中心的“精神堡垒”（1950年10月1日改名为人民解放纪念碑，简称纪念碑，成为重大集会、重大节日庆典之地及重庆市的标志性建筑之一）周围人山人海，更是热浪翻滚，激情四溅。“精神堡垒”是1941年12月30日，在抗日战争进入最艰苦阶段，重庆市政府为了告诫民众勿忘日寇的残暴，树立同仇敌忾的精神，坚定对日长期抗战的信念，在一个曾经因日机投弹轰炸形成的大弹坑上，建成的一座碑形建筑。碑高七丈七尺，寓意“七七抗战”。建成后逐渐成为陪都各界举行庆典、集会、宣传活动的场所。

在抗战胜利的时刻，“精神堡垒”见证了人们庆祝胜利的狂欢，邓惠中目睹了这最激动人心的一幕。“精神堡垒”顶部大瓷缸中内贮燃油的棉条全部点燃，烈焰熊熊，火光冲天。军人、官员、盟军朋友自发集会游行，数十万人聚集在“精神堡垒”和较场口广场，旗帜飞舞，鞭炮鼓乐齐鸣，欢声口号不绝，不相识的人也互相拥抱，人人脸上流淌着喜悦的泪水。给人印象最深刻的是那些影视明星，著名影星金山、赵丹等也在人群之中，在胜利狂欢中，赵丹抑制不住激动的情绪，躺在地上打滚，撞坏公信拍卖行的橱窗玻璃，身上留下一个“抗战胜利纪念疤”。人群通宵达旦联欢，邓惠中夹在人流中，心情同样激动，抗战十四年，大家付出得太多了，她和丈夫付出得太多了，亡国奴的日子一去不复返了。在“精神堡垒”附近督印街巷道的一个书店里，她接受了新的任务。

抗战胜利没过多久，人们的心头却笼罩上了一层阴影。国民党撕毁国共“双十”协定，粉碎了人们和平建国和过和谐日子的梦想。在国民党统治的地方，人们又处于水深火热之中。正义和非正义，光明和黑暗，共产党和国民党，还要进行历史的决战。

为了适应新的斗争形势，党组织指示邓惠中从乡下返城。

回到县城这一年，邓惠中42岁，她当上了江西馆小学校长。江西馆小学教育质量高，校风正，和当时县城的新三中学、岳池女中齐名，颇有一些声望。邓惠中用这所学校校长的职务做掩护，便于开展党的工作。

她经常参加县委召开的秘密会议，研究发展组织、争取外围群众等工作计划，并按分工去具体实施。

她在江西馆小学，团结大多数教师，建立党的组织，发展党员，使这里成为党的一个“据点”。许多同志路过这里，晚间都是在学校借宿。

她每天接待许多来客，他们中有中小学教员，有过去自己在乡下接触的农民，有手工业工人。他们向邓惠中诉说自己的愁苦和不幸，表示对国民党的痛恨和对黑暗社会的不满。邓惠中耐心地回答他们提出的问题，引导他们逐步走上革命道路。

她依然担负着岳池党组织和南充中心县委的联络任务，经常向上级汇报县里的情况，并把上级的指示传达下去，负责组织掩护过往的同志。同时，她根据党关于地下党员要“勤于业”的指示，做好学校的行政管理工作，当一名深受各界人士欢迎的好校长，当一名深受学生拥戴的好老师。

1946年6月26日，国民党政府在美帝国主义的支持下，公然撕毁停战令和政协决议，以大举围攻中原解放区为起点，发动了对解放区的全面进攻。在国统区，他们提出了限制异党活动的办法，竭力限制共产党活动，对共产党人捕、抓、杀，妄图一网打尽，同时对人民的反抗斗争进行疯狂镇压。四川是国民党兵源、粮源的基地,华蓥山地区更是国民党统治的腹心地带。为了防止后院“起火”，国民党加紧了对这个地方的统治。

按照党中央关于要在党的领导下，放手发动群众，壮大人民力量，要在工农联盟的基础上，团结一切可能团结的人，建立最广泛的人民民主统一战线的指示，为使斗争合法化，党组织于 1946 年批准邓惠中参加了爱国民主党派——中国民主同盟。岳池县的民盟组织成立于 1946 年 3 月，由岳池旅蓉学生唐仲达、蔡燕荞、钟云祥等发起。同时加入民盟组织的还有岳池县党组织负责人蔡衣渠和几位党员。入盟之后，邓惠中负责县城上层人士的统战工作。她文雅谦和，品德高尚，一进民盟就不负众望。她热情帮助解决盟员生活上的困难，积极参加民盟的各项活动。在星期天或节假日和民盟成员会集一起座谈。他们摆谈最多的是岳池地方上的政治局面。通过摆谈，加深了盟员彼此间的感情和了解，沟通了思想。大家对当地的几个国民党党棍和恶霸最为不满，常对其进行深刻抨击，并根据形势议定了对策。至华蓥山武装暴动前夕，民盟组织共发展了 40 多位成员。在邓惠中和其他共产党员的影响、引导下，绝大多数盟员成为爱国民主战线的坚强战士。大家投资集股办起了名叫“联庄”的钱庄，赚的钱全部用于日后的华蓥山武装暴动。许多盟员在暴动中表现勇敢，经受了血与火的考验。

邓惠中还以民盟成员的身份，参与领导岳池学生运动。随着国民党政府军事的失败和经济、政治危机的深化，国民党统治区爱国民主运动日益高涨起来。1946 年底到 1947 年初，北平、天津、上海、南京、重庆、成都等几十个大中城市、五十多万学生相继举行罢课和示威游行，抗议美国士兵强奸北京大学女学生的暴行，要求美军撤出中国。1947 年 5 月 20 日，京沪等地的学生六千余人举行反内战大游行，遭到国民党血腥镇压。重庆等地学生又在“反内战、反饥饿、反迫害”的口号下举行罢课斗争。岳池县城也爆发了反对国民党的学生运动。在党的领导下，岳池中学发动了反对三青团干事长兼校长陈而康的罢课斗争，各校学生给予声援，迫使县政府撤去其校长职务。

在斗争中，邓惠中注意发现和培养进步学生。她见岳中学生张茂云在“驱陈”运动中表现勇敢，虽被勒令退学仍坚持斗争，就主动上门与他交谈，启发他走上革命道路，还派别的党员去做张茂云的工作，把整党文献等党的文件和进步书刊转给他阅读。在邓惠中的引导下，张茂云迫切要求入党。邓惠中对他进行了长期严格的考察之后，吸收他参加了党的组织。张茂云入党后，很好地完成了党组织交给的各项任务。

在与青年学生的接触中，邓惠中总是循循善诱。青年学生很佩服邓惠中对问题的分析能力，加之她平易近人，很多人愿意和她接近。

岳池女中学生彭华秋，就是经常和邓惠中接触的一个。她常到邓家去，听邓惠中讲革命故事。

一天晚上，彭华秋又到邓家去，刚进门，邓惠中看着她笑了："华秋，又听故事来啦，我今天给你讲一个发生在咱们本地的事。"

她讲了这样一个故事：新三中学有个学生叫黄一半，敌人怀疑他是共产党，把他抓来审讯。黄一半坚决不承认，要敌人拿出证据。敌人拿不出，恼羞成怒地说："你就是共产党，错不了的！你姓黄。黄字的一半不是共是什么？"黄一半很聪明，他立即说道："黄字还有一半是田，是不是有田的人都是共产党，都要抓起来？"敌人哑口无言，过了几天只好把他放了。黄一半出狱后，改名换姓，远走他乡，后来真的加入了共产党。后来黄一半不幸被捕，敌人对他严刑拷打，他始终没暴露自己，敌人只好又把他放了。邓惠中绘声绘色地讲完故事，然后深沉地说："和敌人斗争一定要机智，敢斗，善斗，不要被敌人抓到把柄！"看着彭华秋聚精会神听讲的样子，邓惠中用开玩笑的口吻说："华秋，你原名毓富，听说同学们都称你'岳父'。你知道岳父的来历吗？传说唐玄宗一次封禅泰山，中书令张说做封禅使，他利用职权把女婿郑镒提升为五品官。唐玄宗为这件事责问张说，张说无言以对，旁边有人讥讽地说‘此乃泰山之力也’。后来，人们把妻子的父亲称为‘泰山’。泰山是五岳之首，故又转称为岳父。你这个‘岳父’，只有站在和敌人斗争的前列，才能名不虚传哟！”邓惠中接着说：“现在形势越来越紧张了，我看‘岳父’二字到紧要关头，就作为代号使用吧！”彭华秋在邓惠中的教育下，走上了革命道路。

这一时期，邓惠中还拿起手中的笔和敌人展开斗争。她在岳池女子师范读书时，语文教师曾以“文生情也，情生文也，求之男子中尚少，况女子乎”的评语，评价过她写的文章。20年过去了，邓惠中的文章写得更见功力，可谓妙笔生花，洋洋洒洒，不仅文采横溢，而且尖锐深刻。她没有百无聊赖的闲语，花前月下的感叹，自我欣赏的情致，全都是对现实生活的激愤和感慨。唐朝白居易提出的“文章合为时而著，歌诗合为事而作”，无形中成了她为文的准则。她笔锋犀利，每一篇文章都如同刺向国民党的投枪。

一天，解放区一家报纸上以显著的位置登了一篇人物通讯，题目是《爆了箍的桶》，描写一位朴实、勤劳的中年男子，正在田间收割庄稼，突然被一群国民党乡丁捆起来，要抓去当壮丁。全家人哭成一团，苦苦哀求放人，乡丁不允，这位中年男子的老母亲当场气死，妻子跳河自尽，撇下三个孤儿流浪街头。这篇通讯深刻揭示了国民党打内战给人民带来的灾难。文中尖锐指出：国民党这样坑害人民，人民必然会团结起来反对他们，敌人就像已爆了箍的桶，很快就要完蛋了。

这篇通讯的作者是邓惠中。她为使解放区的读者能了解国统区人们受苦受难的悲惨状况和斗争情况，经常挤时间写稿，通过党的地下交通线，在解放区的报纸上发表。她的有些稿子也发表在国统区的进步报纸上。

一次，邓惠中听党内一个同志讲了这样一个故事：重庆某大学有一对男女同学相恋。女的长得漂亮，品学兼优，许多男生追求都未能如愿。她爱上了班里的一个男同学，觉得他思想进步，风流倜傥且有才干。毕业后，他们决定结婚。举行婚礼的头天晚上，女的无意中发现了男方口袋中的一张条子，展开一看，原来是收到特务机关经费的收据。女的气急了，在一张纸上写了 8 个大字："宁为人奴，不做狗妻！"愤而离去了。邓惠中根据这个故事写了一篇文章，题目赫然为"宁为人奴，不做狗妻"。在一家报纸登出后，群众拍手称好，国民党特务看了灰溜溜的。重庆市一个特务头子气得把报纸一摔，牙咬得嘎嘣响："抓到这篇文章的作者，看我不剥了他的皮！"因为邓惠中每次都是用化名，所以没有遇到什么危险。

邓惠中更多的稿子是发在党组织编发的油印刊物上，这些刊物实际上就是传单。内容大多是学潮、工运、农运情况，揭露当地国民党政府的各种阴谋，人民群众在重压下生活的悲惨现状，党的外围组织举行的一些活动及号召等等，很受进步青年和人民群众的喜爱，被誉为岳池的“挺进报”。编印这些东西，最难的是印。因为油印机体积大，容易被人发现。邓惠中开动脑筋，摸索到了简易的油印办法。每当夜深人静时，她把包在油纸小包包里的油墨倒出来，用临时找来的竹片压住蜡纸，用小钉子钉牢两头。手拿着米度尺代替油印滚子，熟练地往蜡纸上刮，不一会儿就能印出几十份，然后烧掉蜡纸。作为小学校长，米度尺和一些白纸随身带着，不会引起敌人的怀疑。因此，她走到哪里都可以印，党内知道情况的一些同志，都称她随身带的小包是“流动印刷厂”。

要印刊物，就要刻蜡纸，钢板是不能带的。邓惠中也有办法。到哪里想刻钢板，就临时找在各地学校工作的党员和进步青年。一次在新场，她找了一个名叫邓大学的进步青年，邓的叔父在学校干过总务，有一块钢板。邓大学担心刻不好，邓惠中在一旁鼓励说:“不要紧，只要印出字就行，你先试一下。”她从衣袋里取出底稿，让邓大学看了一遍，读懂，认通稿子后，又手把手地教他刻，教他怎样握笔，用力均匀。这次刻的是几个佃农的自述，内容是他们遭受地主、恶霸欺压的悲惨景况，呼吁民众同情声援。由于邓大学是首次刻钢板，铁笔不听使唤，写的字不太好看，但邓惠中看了，仍笑盈盈地说:“不错嘛,以后再刻,还找你哦！”“要得！”邓大学笑了。

九、发展组织壮大力量

在担任江西馆小学校长期间，邓惠中牢记组织上交给她的另一项重要任务。

那是在重庆“精神堡垒”附近的一个联络站里，上级领导让她回到县城，借助小学校长身份的掩护，加大对民盟的统战力度，关注和领导学运工作。同时特别叮嘱她：“你虽然离开农村，但仍要和农村保持密切联系，发挥你熟悉农村的优势，发展组织壮大力量，把我们的根基打牢，一旦有事便可拉起队伍。现在国共是在和谈，但是和谈一旦决裂，势必有一场恶战，我们要早点积蓄力量应付不测。”邓惠中很佩服上级的预测，后来的事实证明，蒋介石果然翻脸，要和共产党决一死战！没什么好说的，兵来将挡水来土掩，我们就奉陪到底吧。

此时此刻，在农村发展党组织，她想到了一个人，一个地方。

这个人叫杨英。杨英的丈夫赵克相和邓惠中的丈夫邓福谦先后去了延安，由于一起开会相互认识，熟识之后相互谈了各自家庭和爱人的情况。杨英的丈夫给杨英写信，让她去找邓惠中，在邓的帮助下实现参加革命的理想。就这样，有着相同经历的两姐妹认识了，邓惠中年长，杨英年轻，邓惠中是党员，杨英是要求进步的青年，为了不暴露自己的身份，她们以同学相称。1943年底，在岳池江西馆小学，一对相见恨晚的人终于见面了，从此她们成了并肩战斗的战友。邓惠中对杨英关怀备至，千方百计收集进步书籍报刊送给她看。杨英至今仍保留着邓惠中写给她的信，这是邓惠中留下的唯一手迹。

杨英先生：

我所寄来的报你都收到了吗？你知道现在订报是多难，但我们又不得不要看它，所以给你寄来的报，都是由岳池零集寄来的。

别了已经半月，近来你的身体好否！甚念。

祝刻安！

同学惠中

邓惠中字迹娟秀，很见功力，内容也平和亲切，据杨英回忆，邓惠中多次给她寄书籍报刊，也多次寄信给她，可惜因为斗争极端残酷，这些书籍信件大都没有保留下来。正是在邓惠中的悉心指导下，杨英走上了革命道路。

按上级在农村发展组织的要求，邓惠中首先想到的就是杨英。杨英积极要求靠近组织，经过两年多的斗争考验，已具备了入党条件。1945 年 10 月 1 日，经邓惠中介绍，工委书记批准，杨英成为一名共产党员。

邓惠中想到的一个地方，就是杨英的家。杨英的家地处西溪，位置偏僻而又便于集合疏散，邓惠中指定这里为联络站。1947 年 12 月成立西溪特支，杨英任西溪特别支部书记，这里又成为西溪特支的所在地。

邓惠中是西溪特支的创始人，她为特支的建立做了大量的思想工作和组织工作，费尽了心血。她介绍杨英入党，引导她成为革命战士，又锻炼其成为党的基层组织负责人。

为了最后的胜利，必须动员更多的人站到革命阵营一边。1946 年冬天的一个深夜，两个战友又聚到一起，邓惠中对杨英循循善诱："人民靠我们去组织，敌人靠我们组织起人民去把他打倒，共产主义大厦的建立，像我们这样的人，是不是多几个好？对敌人要辩证地具体地去看，不要慑于西溪地区敌人机构林立，不要害怕敌人势力横行，哪里有压迫，哪里就有反抗。只要党去发动领导，群众是会起来同敌人斗争的，敌人是会被打倒的。发展组织，是每一个共产党员的责任。发展组织的方法，就是要先从贫苦的知识青年、农民和可靠的亲友中去物色对象，在具体工作和实际斗争中考察。横的关系不能说，工作联系是单线，时时提高警惕，处处保守党的秘密。”邓惠中的话既有丰富经验的总结，又有深入的思考，还指明具体工作方法，杨英的眼界一下子打开了，她对邓惠中由衷佩服，有什么事都爱找邓惠中诉说，遇到什么难事都去向邓惠中请教。

杨英按照邓惠中的要求去做，开始物色对象进行组织发展。她看中了两个人，这两个人，一个是杨伯超，一个是罗慕周，要不要发展？她有点犹豫。杨伯超是杨英的堂弟，爱国，有志气，还上过抗日前线，但是个旧军人，性格浮躁，有时有些鲁莽，显得过分刚直。罗慕周是农村知识分子，聪明，好学，有学问，向往政治进步，几次想去延安都没有走成，但为人过分清高，与人共事有特点有个性。这两个发展对象，从各方面看都比较成熟，但身上又有明显缺点，要不要发展，杨英一时拿不定主意。她跑来向邓惠中请教。邓惠中听了她对两个人的情况介绍后，告诉她:“看人要看主流，看基本面，杨伯超在抗日联军立过战功，杀过多个日本鬼子，为人仗义，对恶霸土豪贪官污吏疾恶如仇，这样的人正是我们依靠的对象。罗慕周几次想去延安，证明他向往进步，他有才华，有胆略，有知识，不能因有一些缺点就将他们关在门外。”杨英心里有了底，主动与他们接触，适时提出了发展他们入党的要求。邓惠中进行具体考察后，报请县委书记批准，接受杨伯超、罗慕周两名同志入党。正式建立西溪特支时，杨伯超任副书记兼组织委员和武装委员，罗慕周任宣传委员。组织上又派人出面，经过一番活动，让杨伯超担任了青同石乡武装队队副，掌握了青同石乡的武装权。他懂军事，会管理，威信很高，一下子打开了局面，发展杨伯任、杨伯楷、杨中力、吴国础、吴致安、张已善、张光群、张德修、聂致群、黄仁甫等做骨干，积蓄了一支从事武装斗争的重要力量。罗慕周则借助其舅父的关系，弄了一个三青团区队长的皮做伪装，在西溪镇上开一个茶馆，广泛联络一批贫苦知识青年和有觉悟的农民，发展罗良、罗英、蒲建中、蒲海云、张大青、张宏谋、黄生、黄和生、寇泽宇、吴俊生等一批骨干。其中寇泽宇、吴俊生两个是省南中学高中部在校学生，他们家庭贫穷，过着饥寒交迫的生活，对恶霸地主土豪劣绅极其痛恨，不满国民党的统治，在党组织领导的反内战、反独裁、反迫害的学生运动中冲在前面，起到了突出作用。

在邓惠中的具体指导下，西溪特支的活动卓有成效地开展起来，范围面涉及西溪、石龙、同兴、清溪、长安 5 个乡，前后发展党员 33 人，实现了党组织的发展壮大，以各种各样的形式与敌匪展开斗争。有的晚上烧号棚、割电线，摧毁敌人的据点；有的出壁报、搞宣传，揭露国民党政府的贪污腐败；有的秘密召开农民座谈会，把农民发动起来“挖苦根”；有的直接组织抗丁、抗税、抗租的斗争，削减敌人的兵源粮源，从而打击了敌人的嚣张气焰。经过精心运作，西溪特支为党积蓄了力量，在敌消我长的力量转换中产生了重要作用。杨伯超具有良好的军事素质，对手下人员加强军事训练，掌握一支重要军事力量，在以后的岳武起义中，带领西溪特支游击队参战。罗慕周一直在西溪坚持到 1949 年 10 月岳池解放。岳池解放时他参加了解放军进城召集的党负责人会议。西溪特支组织 30 多人的武装队进城维持秩序，还参与接管东、西、南、北四大城镇的建设工作，对打击敌人气焰，稳定社会秩序，迅速建立人民民主政权组织起到了积极作用。

西溪特支只是邓惠中从事发展组织壮大力量工作的一个缩影。她还创立了岳西支部、万塔支部等党的基层战斗堡垒，经过精心耕耘，使革命种子在辽阔的岳池大地上生根、发芽、开花，开创了党的农村工作新局面。

十、教育子女

邓惠中从乡下回来不久，叶甲也从重庆回来了。惠中感到前几年让孩子们吃了不少苦，现在应给他们更多的温暖，因此对三个孩子倍加亲切。叶甲、叶坼、叶芸觉得妈妈在身边有了依靠，又见她整天为穷苦大众的解放忙忙碌碌，心里分外敬重。母子团聚，其乐融融。但大家都有一桩心事：惠中盼着丈夫福谦能从前线胜利归来，孩子们盼着早日见到亲爱的爸爸。几年前从别人口里传来的噩耗，给他们的心里布上了阴影。抗战胜利了，福谦还没有确切的消息，全家人心里都尽力排斥那任何带有不幸的念头，憧憬着全家欢聚的幸福时刻早日到来。

为了纪念在抗日战争中牺牲的将士，县城修建了抗战烈士纪念碑。邓惠中带着江西馆的教师和学生参加了建碑的义务劳动。她们平整场地，运送材料，烧开水送到工地。邓惠中格外卖力气，脸上汗涔涔的。她崇敬那些为国捐躯的将士，为了抗战，自己艰辛备尝，孩子们也跟着受苦，可与烈士们相比算得了什么呢，他们把生命都献出来了啊！

纪念碑落成那天，邓惠中让三个孩子穿上整洁的衣服，带他们来到纪念碑前。碑身上以刚劲的笔迹，雕刻着130名阵亡将士的名字。邓惠中默默地伫立着，泪眼迷离地在上面急速地搜寻着，一遍又一遍，啊，没有福谦的名字！她突然转身双手捂着脸，呜咽起来，是悲是喜？唯有热泪横流。

片刻之后，邓惠中让三个孩子在碑前站好："给为国捐躯的爷爷、奶奶、伯伯、叔叔、姑姑行礼！"她神态严肃，声音有些沙哑。孩子们行礼毕，她单独朝纪念碑行了三鞠躬。此时此刻的她啊，激情奔涌，思绪陡起，真想面对纪念碑撕心裂肺地大喊一声：福谦啊，你在哪里——，你在哪里——

传闻福谦牺牲后，不少人劝她改嫁。回到县城后，劝她改嫁的人更多。有的人素不相识，有的是同事、亲戚，有的是不怀好意，更多的则是关心、同情。党内有的同志也劝她改嫁，他们看惠中一人带着三个孩子，日子过得太艰难了。对众人的劝说，邓惠中婉言谢绝了。和丈夫分手8年了，何曾一时一刻忘记过他，无论生，无论死，福谦在她心中的位置不变。她通过各种渠道打听丈夫的下落。一天，上级领导老何带来一个好消息，他对邓惠中说："老邓，我通过组织多方探听，还向延安发了电报，都没有福谦牺牲的消息，但他现在在哪里，还没有搞清楚，你不要着急。”邓惠中听了之后，激动地紧紧握着老何的手：“太谢谢了，感谢组织上的关心！”尽管没有得到福谦的确切消息，她心里仍得到极大安慰。

丈夫福谦去延安时，邓惠中说过一定要把几个孩子带好、教育好。以前在农村工作，她顾不上教育孩子。现在从乡下回来了，有了一个安定、活跃、欢乐的家庭，她在做好党的工作的同时，把教育孩子的担子挑了起来。

前几年，几个孩子的生活很艰苦。但他们学习都很用功，每次考试，成绩都不错。此时，叶芸在江西馆小学读书，叶拆刚入新三中学，叶甲到重庆当了一段学徒，回来后辍学做工。邓惠中鼓励他们勤奋学习，掌握更多的文化知识，同时也注重在孩子幼小心灵上播种革命的种子。当夜深人静的时候，邓惠中打开装有一层干咸菜的坛子，从里面取出一本本国民党政府禁读的书。全家围在一盏小油灯下，兴致勃勃地读起来。叶芸爱看反映解放区生活的故事书。那些故事书，有的描写县长如何关心放羊孩子的成长；有的写解放区的干部没有官架子，如何为群众做好事；有的写斗地主、分田地的新奇事；还有的写解放军爱人民，不拿群众一针一线。这些故事书把叶芸带进一个崭新的天地，她一拿起来就爱不释手。

叶甲和叶拆看的是《大众哲学》等一些讲理论的书籍。小哥俩儿轮流着看，读过一遍后，就开始讨论问题，什么“先有鸡还是先

有蛋”了，“石头能不能孵出小鸡来”呀，讨论得挺有兴趣。

一天晚上，小哥俩儿围绕“人是不是都自私”这个问题，进行热烈的争论，两人脖粗脸涨，谁也不让谁。大哥叶甲在重庆当了一段学徒，他举出亲眼看见的许多人压迫人、人剥削人的事例，说明有钱有势的人非常自私。还说，没有钱的人，泥菩萨过河——自身难保，空有一片好心，不自私又能怎么样？叶拆不同意哥哥的观点。他在新三中学念书，接触许多像蔡衣渠那样的好老师，他们为人正直，追求真理，敢为群众说话，敢于揭露国民党徇私舞弊的行为。他们不怕丢饭碗，不怕抓，不怕杀，是堂堂正正、大公无私的人。叶拆用这些事例说服哥哥。叶甲说：“你说那些，我没见过，我不相信！”一听这话，叶拆急了，呼地站起来指着妈妈说：“别人你没见过，妈妈你天天见吧！妈妈就是这样的人！”叶甲没词了。其实，他已经觉得弟弟说得有道理，只是碍于面子，不愿爽快承认罢了。

小哥俩儿争论时，邓惠中坐在一旁聚精会神地听，一句话也不说，她尽量让孩子们自己得出结论，有时争论结束了，她画龙点睛地说几句。今天听了叶拆的话，她的眼睛里闪耀着赞许神采：“是啊，天下的地主老财资本家的确自私，但可不是天下人都自私。干共产党这一行的人，要怕丢脑袋就革不了命。没有你爸爸那样撇家舍命的人，就赶不跑日本鬼子，就没有解放区的好生活。你们将来长大了，一定要做为国家、为群众着想的人！”听了妈妈的话，哥俩儿一齐点头。

那时，国民党特务遍布各地，经常有党的联络站遭到破坏。为了保证设在自己家的联络站不出问题，邓惠中处处谨慎小心，叶甲、叶坼、叶芸站岗放哨，经常教育孩子们守口如瓶，不要把妈妈的活动说出去，不要把常来的人说出去。一个静悄悄的夜晚，她给孩子们讲了一个动人的故事：

在日本占领区的一个县城里，有个名叫赵童的七岁小男孩。在小学校里，同学们骂他爸爸是汉奸。有一次，同学们把小赵童围在中间，骂他是汉奸的儿子，向他吐唾沫，还拿石头打他。小赵童受了委屈，回到家抱着妈妈大哭了起来，还说:“我爸爸常和日本人来来往往，向日本人点头哈腰，我真恨死他了！”小赵童的妈妈也气得哭了，她也非常恨自己的丈夫。就在这时候，小赵童的爸爸领着一个日本军官到家里来了，还让妻子摆酒做菜，要招待日本人。小赵童的妈妈装出高兴的样子，给他们摆上酒菜，暗中在酒里放了毒药。她早就想毒死自己的丈夫和日本人。这两个人吃着吃着，日本人叫肚子痛，脸也变了色，倒在地上死了。小赵童的爸爸也痛得满脸淌出豆大的汗珠。他对妻子说:“我不行了，你赶快到县城去找游击队，就说有叛徒告密，日本军队今晚要去包围他们，让他们赶快转移！”他还告诉她接头的地点和暗号。小赵童的妈妈这才知道了自己丈夫的身份，知道自己错杀了他，抱着他哭得死去活来。但是他用力推开她说:“童他娘，这不怪你。你是爱国的，我也是爱国的。但我不能把我的工作告诉你，因为万一失密，就会有许多同志白白地牺牲啊！赶快替我去完成任务吧！”小赵童的妈妈擦掉眼泪，向丈夫深深地鞠了一躬，转身跑了出去。当天晚上，游击队得到消息，安全地转移了……

“小赵童呢？他上哪儿去了？”叶芸含着眼泪问妈妈。邓惠中接着讲:“小赵童跪在爸爸面前说:‘爸爸，你是英雄，我一定向你学习，也去打日本鬼子！’后来，妈妈领着他参加了游击队……”

从这以后，几个孩子更加懂得了严守机密的重要性。每次都很好地完成了妈妈交给的任务。那时，常到家里来的是老何，孩子们都称他何叔叔。他常在这儿召集人开会，每次都由三个孩子放哨。等到夜深人静以后，邓惠中悄悄地把孩子们叫进屋，让他们听何叔叔讲形势。虽然常和何叔叔接触，他们并不知道他的真名叫朱光璧。妈妈从来不讲党内的秘密。解放后叶芸才知道何叔叔的真实姓名，是妈妈的上级。

邓惠中常给孩子们讲革命道理，同时用行动去影响他们。他们知道自己家有一条不成文的规矩:凡是妈妈的同志来，哪怕再困难，也要设法买点肉，搞一点荤菜吃。当时东西昂贵，物价一日三涨，几口人就靠她那点薪水度日，日子过得紧巴巴的。邓惠中带领全家节衣缩食，舍不得吃一点荤腥，每餐几乎都就咸菜下饭，孩子们的脸泛着青黄色。她挤呀，攒呀，尽可能挤出钱来，留给同志们“打牙祭”。许多同志劝她:“你家费用拮据,谁去了随便吃点就可以了。”她笑笑说:“‘待客不用俭，平时不用丰’，这是我家的规矩。你们是客人，客随主便嘛，听从我的安排就是了。”

一天，和邓惠中一个支部的袁正纯带几个同志来了。邓惠中叫叶坼去买了一斤肉。邓惠中洗了切，切了炒，忙忙碌碌，不一会儿就做好了菜，几个孩子眼巴巴地看着炒得薄嫩嫩的肉片，心里馋得慌，但他们知道这是给叔叔们吃的，谁也没有吱声。邓惠中把菜端了上去,几个同志非要她把几个孩子找来一起吃不可。“不啦,不啦,我们娘几个在厨房吃，留下不少菜呢！你们快趁热吃吧！”邓惠中笑笑，抽身朝厨房走去。吃饭中间，袁正纯猛然想起一件事，急忙去找邓惠中。在厨房门外，他听到了里面传出的对话声:“妈妈，我要吃肉。”最小的叶芸说。“好孩子，不吃肉，肉留给叔叔吃，他们吃得饱饱的，好干工作呀！革命胜利了，妈妈给你做多多的肉吃，好不好？”袁正纯激动地推开了门，看到邓惠中和孩子面前的盘子里，仅有几只用盐水泡过的辣椒，他鼻子一酸，流出了热泪。

在邓惠中的教育和影响下，叶甲、叶坼、叶芸先后走上了革命道路。

十一、巧 救 小 姑

岳池县党的工作很有起色地开展起来了。邓惠中担任县委妇女委员、妇女特支书记，工作更忙了，经常深入到群众当中去宣传革命道理。她特别关心那些苦难深重的妇女，鼓励她们起来斗争，帮助她们摆脱困境，走上革命道路。

这天，邓惠中正在给学生上课，叶拆气喘吁吁地跑来了。老远就喊道:“妈，不好了，我姑姑被‘滚刀肉’卖了！”邓惠中一听这话，急忙奔了出来，教鞭都顾不上放下，就和叶拆一起朝“滚刀肉”家跑去。

原来，邓福谦有个堂妹叫邓淑华，这淑华从小机灵，长大后出落得煞是俊秀漂亮。她的母亲实行包办婚姻，硬把她嫁给了一个破落子弟，使天鹅肉落到了黑乌鸦口里。丈夫从小游手好闲，长大了不走正道，开始对淑华还有点情意，后来和一些地痞流氓勾搭上了，人们憎恶他，给他起了一个“滚刀肉”的绰号。淑华在他的摧残下，受的苦很深，渐渐引起她对黑暗社会现实的不满。邓惠中对淑华给予帮助，引导她走上革命道路，介绍她入了党。淑华经常到邓惠中家里来，掀起衣服，身上到处是青一道紫一道的。看到自己的同志受到这样的折磨，邓惠中早就盘算着帮她脱离虎口。没想到还没找到一个妥当的办法，“滚刀肉”就把淑华当作赌注输给了一个姓申的无赖。

赶到“滚刀肉”家时，“滚刀肉”正手拿擀面杖追打淑华。看到这种情形，邓惠中怒火中烧，大吼一声：“住手！”“滚刀肉”看邓惠中手拿教鞭，吓了一跳：“你，你要打人咋的？”“打你，打你脏了我的手！不许再打淑华！”邓惠中逼近一步。“嫁鸡随鸡，嫁狗随狗。我打我老婆，与你何干？”“滚刀肉”瞪着一双凶狠的牛眼。那姓申的也在一边冷笑着帮腔：“嫁出去的女儿，泼出去的水，你们邓家管不了啦！”

邓惠中冷静下来了，来硬的显然不行，她灵机一动说：“我是她嫂子，我就要管。你们让她同意，应当慢慢劝她，打她干啥？”“劝她不听嘛！”“滚刀肉”呼哧呼哧喘着粗气。“把她交给我吧，我把她带回我家。好好劝劝，叫她答应你们就是了。”“滚刀肉”和姓申的嘀咕一阵，同意了。他们想：打身不若攻心，硬是不从，打死也白搭，就让她领回去劝劝吧，就是跑了，女人家能跑到哪儿？在外边转悠两天，她还得回来。

邓惠中和叶拆把邓淑华接到家，晚间，邓惠中和邓淑华详细商量了从魔爪下逃脱的办法。

第二天下午，邓惠中指着邓淑华对“滚刀肉”说:“人，我交给你了。她同意了,你不要再逼她。晚间让她收拾东西。明天到申家。”

晚上,“滚刀肉”喝了两口酒,又到赌场去了。大约十一点钟光景，淑华听见房后有三声瓦片撞击的声音，她急忙拿起包袱，从后门走了出来。邓惠中正等着她，两人匆匆踏上了去南充的山路。在南充中心县委，邓惠中把这件事向组织做了汇报。恰好中心县委机关正需要一名联络员，组织上就安排淑华在那里工作，让她和中心县委书记朱光璧假扮夫妻。

邓惠中从南充回来，孩子们问她姑母怎么样了，她说:“她已经到了安全的地方。脱离苦海了。”邓惠中认准了一条道理，要使妇女脱离苦海，最好的办法是引导她们加入革命队伍。她经常深入妇女当中，通过讲故事、拉家常、促膝谈心等方式，给她们宣传革命道理，揭露国民党政府黑暗统治的罪行和封建婚姻的腐朽性，培养进步妇女,先后发展了 20 多名妇女入党,其中有她的亲侄女张淑贞、张义贞、张琼芳。张义贞、张琼芳从小在农村长大，对黑暗的现实不满，她们常到城里来，在她的熏陶下，为党做了不少工作，后来被发展为党员。

邓惠中还经常对妇女党员进行革命气节教育，多次讲:“干革命是有危险的，如果被敌人抓捕，要坚强些，不能出卖同志，不能投降敌人，要毫无保留地为实现布尔什维克的理想献出自己的一切。”

这里讲一段邓惠中和“女疯子”的故事。

一天，邓惠中往家里带来一个年轻的女人，三个孩子看后吓了一跳。只见来人蓬头垢面，目光呆滞，身上破衣烂衫。到家后，邓惠中给她烧水洗脸，又把蓬乱的头发剪了剪，找出自己的几件衣服给她换上。那人只是呆呆地坐着，一声不吭，过了好大一会儿，才一头扑在邓惠中身上，哇的一声大哭起来。稍稍平息后，她才缓缓地吐出了心中的哀伤，她叫彭香，结婚后对丈夫一片深情，她把辛辛苦苦攒下的一笔钱给丈夫，送他到重庆求学。没想到丈夫毕业后，以她不生育孩子为由，和一个大官僚的小姐结了婚，把她遗弃了。她受到打击后，疯疯癫癫，精神失常了。

“妹子，这种人卑鄙无耻，一文不值。你可不要为他糟蹋自己。”邓惠中耐心地劝解、安慰她。

“大姐呀，都是我命苦哇！”

“不！我就不相信我们这些女人的命就这样贱，总有一天，有我们翻身的日子，到那时候，男女平等，就不再受欺压了……”以后，邓惠中多次开导她，给她买药治病。渐渐地，彭香的病好了，她从个人的痛苦中挣脱出来，投入了为争取劳苦大众解放的斗争。后来，邓惠中发展她入了党。入党那天晚上，邓惠中提出交给彭香一项重要任务。

“什么任务？”彭香急切地问。

“装疯！”邓惠中严肃地说。

“装疯？”彭香愣住了。

“对，装疯。你以前有过这种病，敌人不注意你。现在党亟须建立一个联络站，把这个任务交给你，和我单线联系。为了便于出入敌人内部和传送情报，你装疯好不好？”

彭香欣然同意了。从此以后，她又像先前那样，疯疯癫癫地出现在岳池县城大街上，为党组织传递许多秘密情报。

对加入党组织的妇女，邓惠中要求很严格，同时给以无微不至的关怀。党员肖隽英是江西馆小学教员，她和新三中学教员杜远情投意合，暗暗相爱。正当两人需要“红娘”相帮时，邓惠中搭鹊桥来了。

“隽英，我看你这两天有心事呀！”邓惠中故意开玩笑。

“有啥子心事嘛！”隽英脸红了。

“莫瞒我了。要不要我帮忙去找杜远？”

“你怎么晓得我要找杜远？”隽英惊奇了。

“我咋个不晓得？那天我到你办公室，见地下有个纸团团，捡起来展开一看，上面写着好几个杜远的名字，字迹是你的，莫不是偷着相爱，不好意思鸿雁传情啊！”邓惠中说。

肖隽英佩服邓惠中如此心细。那天是想给杜远写信求爱，可转念一想，“世上哪有树缠藤”。自己怎么好先提这件事呢！于是把心中爱情的火焰暂时压了压，没想邓惠中发现了自己的秘密。“我倒觉得行，谁知杜远咋个想哩！”隽英低头绞着手帕说。

“这件事就交给我吧，包你满意。杜远那天见了我，第一句话就打听你，又问这，又问那，很是关心。看来他和你一样，外冷内热，在默默地相思呢！”

就这样，邓惠中做了“红娘”。她把两颗心用红线拴到了一起。在杜远、肖隽英举行的新式结婚仪式上，一个三青团分子重弹妇女“未嫁从父，既嫁从夫，夫死从子”的老调，鼓吹女子只能做男子的附属品，不可参加社会活动。邓惠中以介绍人的身份即席发言，狠狠抨击封建主义的陈词滥调，宣传男女平等，祝新郎新娘互敬互爱，白头偕老。

十二、投入新的战斗

1947 年夏天以后，国内形势发生重大变化，国民党政府已处于两条战线包围之中。《毛泽东选集》中写道:“一方面是人民解放军的胜利，一方面是蒋管区人民斗争的前进，其速度都是很快的。”

在正面战场上，1947 年 7 月，人民解放军已在全国范围内由战略防御转入战略反攻。刘伯承、邓小平同志率领的晋冀鲁豫野战军在鲁西强渡黄河，向大别山进军，揭开了大反攻的序幕。8 月，陈赓同志率领的太岳兵团，在晋南强渡黄河，向豫西进攻。陈毅、粟裕同志率领的华东野战军出津浦路向鲁西的敌人进攻，开辟了纵横一千多里的机动作战战场，将战争引向了国民党统治区，极大地鼓舞了国统区人民反抗国民党政府的斗争勇气。

针对解放战争的胜利进展和国民党统治区形势的发展，1947 年 10 月 10 日，毛泽东同志在为中国人民解放军总部起草的《中国人民解放军宣言》中，号召国统区的人民:“在本军未到之处，则自动拿起武器，实行抗丁抗粮、分田废债，利用敌人空隙，发展游击战争。”

在《中国人民解放军宣言》发表的同一天，中共中央上海局的一位负责同志，秘密会见了专程从重庆赶来请示在川东开展武装斗争的川东地下党负责人王璞同志。1947 年 3 月，四川省委领导同志和《新华日报》工作人员撤离重庆后，这位负责同志也从重庆转移到上海。她关心四川方面的工作，负责上级和四川党组织的联系，经常把党中央的指示通过秘密渠道传达到四川各级党组织中去。

会见中，她郑重地告诉王璞同志，上级已经批准了在川东开展武装斗争的计划。这份计划的要点是：川东是敌人兵源粮源的基地，与陕南、鄂西接近，应当发动武装斗争，创立游击队和根据地，迎接解放军入川，至少也要牵制吸引敌人兵力，配合战略反攻。四川农村已经民不聊生，民怨沸腾，民变四起，人民迫切希望我们党去领导他们抗丁抗粮抗税。举行暴动的条件已经成熟，并决定把暴动重点放在上川东（华蓥山周围）和下川东（奉节、巫山、巫溪一带），党的领导骨干要到农村抓武装斗争。城市要为农村服务，输送干部，供应物资，提供情报。

王璞原名孙仁，化名王慕斋、石夷、石果，湖南桃源人，抗战时期来四川，党派他去西康从事地下工作。1941 年转到川东地区。抗战结束后，他积极领导上川东、下川东、重庆市及川南部分地区党组织和革命群众开展秘密活动。听说上级批准了自己拟订的计划，他心里异常激动。在川东开展武装斗争，这是党长期酝酿的一件大事，是川东广大党员的要求。全国的形势为它提供了有利条件，现在又得到了党的正式批准，王璞怎么能不高兴和激动呢！

早在日本投降后，党中央就针对国民党政府准备发动反革命内战阴谋，做了两手打算。对国民党统治区的公开工作、秘密工作同时做了安排，又在重庆建立了重庆市委，由王璞、彭咏梧（江竹筠烈士的丈夫）等负责，准备在国民党发动突然事变时，把党的工作坚持下去。当时党的重庆市委不仅管城市，还管川东农村党的工作。

1947 年 2 月下旬，国民党逼迫《新华日报》社撤离重庆之前，在周恩来同志身边工作的人员从南京给四川省委打电话，说："恩来同志指出，目前形势紧张，要省委做应急准备。"当时上级领导同志即召集省委和《新华日报》负责人开会，部署防止国民党搞突然袭击。并布置了准备在四川搞武装斗争，决定由延安回川的曾霖同志去华蓥山做军事指挥工作。事后，省委副书记张友渔又召集秦禄廷等在重庆曾家岩周公馆开会，布置到农村准备武装斗争。省委领导同志撤离重庆后，4 月到 7 月，王璞先后派人到上海汇报重庆和川东的情况。

现在，川东的武装斗争就要有组织地开展起来了，火红的战旗将在华蓥山上和嘉陵江两岸飘扬，那血与火交织在一起的战斗场面是多么令人神往！

上级领导还告诉王璞，上级决定成立中国共产党川东临时工作委员会（简称川东临工委），统一领导上川东、下川东、川南和重庆的工作。临工委由王璞任书记，涂孝文为副书记，委员有刘国定、彭咏梧、肖泽宽。

末了，她询问王璞还有什么困难？王璞笑笑说："困难是有的，我们设法克服，只是有些关系得靠上级组织给我们接上。来上海之前，我想把南充、岳池一带党的组织关系接上。曾去找南充中心县委书记朱光璧。朱说：'我们同上面的关系没有断。'一下子把我顶转了回来。因为以前是单线联系，他害怕上了敌人的当。"负责同志听了，当即给在重庆的李维嘉同志写了一封信，嘱咐通过李维嘉把川东所有的组织关系都接上。

回到四川，王璞召开了临工委会议，决定重点在上川东、下川东两个地区发动武装暴动。华蓥山位于重庆以北，渠江以东，山脉从东北到西南蜿蜒一百多公里。主峰宝顶在岳池、邻水、江北交界处，海拔1580米。山脉周围有合川、江北、岳池、广安、渠县、邻水、大竹等许多县。因这个地区处在重庆以北，嘉陵江和渠江中游，人们一般把它叫作"上川东"，重庆以东地区的万县、奉节、巫溪、云阳一带则被称为"下川东"。上川东由王璞负责，下川东由彭咏梧负责。为了加强对上川东工作的领导，还成立了上川东地工委，王璞任书记，下设九个工委（相当于县委）。从此，王璞同志经常奔走于华蓥山周围各县，从各方面紧张地进行准备，积蓄力量，待时机成熟时在农村发动武装斗争。

1947 年冬天的一个晚上，他一身商人打扮，来到邓惠中家。邓惠中带他到南充永安乡中心县委机关，找到了朱光璧。见面后，王璞拿出一张便条给朱看，朱光璧认得是李维嘉的笔迹，最后落的名字与平时信上联系写的名字相同,这才相信是真的。王璞笑着说:“这下你该相信了嘛！”“当然咯,如果没有这个便条,我怎么敢相信呢?这可不是个小事情哩！”两只手紧紧地握在一起。朱光璧把王璞和邓惠中领到自己临时住的家里，将南充党组织的情况和其他情况做了全面汇报。王璞当即决定把南充中心县委改为第九工委，朱光璧只负责第九工委范围内的工作，岳池当时所有党员的组织关系都交给王璞，由王璞直接领导。不久之后，岳池县党组织和武胜县党组织合并，成立第七工委和第八工委。第八工委书记为蔡衣渠，邓惠中任该工委妇女特支书记、妇女委员。

回岳池路上，王璞问邓惠中:“邓大姐，你看我装扮成商人能行吗？”邓惠中沉吟一下说:“行倒行，在县城还可以，到农村就显得扎眼了。你满口湖南口音，湖南有不少人在我们这块做看风水的阴阳先生，要是能装扮成阴阳先生，那走村串乡可就方便多了。”

“好，那就装扮成阴阳先生。我可是要给国民党看看风水，测一下他们何时入土哩！”

回到家，邓惠中为王璞备了一身阴阳先生常穿的衣服，还借了罗盘等物，王璞演练一番，俨然有了一副阴阳先生的模样。

王璞来了之后，党的工作重点更明确了。这就是深入农村广泛发动农民，组织抗丁、抗税、抗粮的斗争，发展革命武装，为华蓥山武装暴动做准备。邓惠中经常以走亲戚、到华蓥山烧香的名义，秘密地去农村登门串户，做发动群众的工作。

她来到农村，农民朋友们依然像从前一样欢迎她，但农村的景象却比先前更惨了。国民党加紧征粮，地主对农民的盘剥也日甚一日，加重苛捐杂税和高利贷剥削，使广大农民喘不过气来，在死亡线上挣扎。国民党为了挽救必将灭亡的命运，到处抓丁，抓不着就诱捕，如一个地方以免费放电影为名，一晚上就拉走一百多名，来看电影的青壮年无一逃脱。有的地方因拉兵紧张，青壮年男子入夜不敢在家住宿，土地大半荒芜。邓惠中怒火中烧，满腔愤恨，决心把群众发动起来，给国民党狠狠一击！

她迈开一双“半大脚”，一天走四五十里地。武胜的三溪、新场、踏水地处县与县的交界，交通闭塞，常有土匪出没，邓惠中无所畏惧，脚印遍布了这些地方的村村寨寨。

“乡亲们，看看报上是怎样写我们这地方抓兵的！”邓惠中大声读着报，“近来每值夜深人静，常有鸡鸣犬吠、妻啼子哭之声，杂乱而来。”“乡民们纷纷逃往他乡啼饥号寒，惨不忍言！”“这种惨象何止我们这个地方，已经遍布国民党统治区了，老百姓上天无路，入地无门。我们不采取武装自卫这条路，还能活下去吗？”

听讲的乡亲们被她的情绪感染了。

“干，拿起家伙和他们干！”有人大喊。

“这都是反动派造的孽，哪天抓住这龟儿子，看我不砍他的脑壳！”有的愤愤地骂。

“邓大姐，你挑头吧，我们舍出命来跟着冲，脑袋丢了碗大个疤，怕啥子！”一个小伙子当着邓惠中的面表示决心。

“大伙不要着急，要有勇有谋，到时间，仗自然有你们打的。现在需要解决的问题，一是广泛组织发动群众，二是抓政权，三是要努力筹集枪支弹药，建立游击队……”邓惠中见水到渠成，于是积极地加以引导。

在宣传、鼓动过程中，邓惠中注意启发农民群众的觉悟。她对农民说:“你们辛辛苦苦干了一年，为什么丢了镰刀就挨饿呢？”

“大姐，这都怪我们命苦啊！”

“什么命苦？老板恶霸不干活，租谷满仓，鱼肉不断。农民累死挨饿。秋收后交了租谷就没粮，难道我们就该白白被剥削？国民党反动派抓丁派款，逼得我们多少良民妻离子散。这些不是我们的命苦，而是国民党造成的。我们今后要翻身，要起来革命……”

一次，她对一个老农民说:“老人家，你家六七口人种田，如今这世道，这样税，那样捐，除了锅巴没饭了。有些地方就不这样，人人有吃有穿，耕者有其田……”老人家听后，非常激动地说:“我们这里也像那些地方就好了。”

她对一户老佃户说:“您今年交了多少租谷，不知少交点行不行？其实，我听说外面有的佃农就是不交租谷，更不怕老板告他恶佃欺主，不交最后还是算了，你大胆些，今年少交点租，看老板把你怎么样！”“能行吗？”老佃户颤颤巍巍地说。

“能行！只要大家拧成一股绳，就什么都不怕了。”

在发动群众时，邓惠中适应斗争形势，采取多种多样的方法。开“哑巴会”就是其中一种。开会的人员到齐后，邓惠中给每人发一张复写好的“信”，大家各看各的，互不说话，看完后即点火烧掉。

邓惠中还编写顺口溜，宣传抗丁、抗税、抗粮斗争，她让农民群众拧成一股绳。揭露统治阶级的残酷剥削:“铁锤叮当响，炉火冒红光，地主不劳动，粮食堆满仓。农民一年苦到头，糠菜半年粮。”

她让农民群众拧成一股绳:“糯米粑，甜又香，大家的事大家当。”“一根竹片孤单单，捆成把把扳不弯，打倒反动派，咱要抱成团。”

邓惠中编的这些顺口溜通俗易懂，上口好记，在群众中不胫而走，广泛流传。

在邓惠中、蒋可然、罗永晔等人的发动下，三溪、新场一带雨后春笋般地成立了“姊妹会”“翻身会”等许多农民组织，农会会员多达数千人。邓惠中组织“姊妹会”“翻身会”很有办法。每到一处，她先找村里较活跃的几个妇女，和她们唠家常，教她们识字，引导她们说出心中的不满。熟了之后，就互认“干姊妹”，再通过她们做其他姐妹的工作。等雪球滚大了，就成立“姊妹会”。入“姊妹会”的多是已婚妇女，她们回家影响、说服男人，这样，越来越多的人就被鼓动起来了。男人们是不能参加“姊妹会”的，为了把穷人都组织起来，便水到渠成地成立了“翻身会”。

群众发动起来后，邓惠中组织他们和反动势力展开巧妙的斗争。阙家乡保长苏荣胜，抢劫行人，霸占民妻，抓丁逼租，无恶不作，且盘踞在岳池至南充的重要关口，对我党的联络起障碍作用。此奸不除，难平民愤，也威胁党的安全。支部发动当地农民扶老携幼将冯钧义围起来，揭露苏荣胜横行乡里打家劫舍的罪恶。冯钧义看众怒难犯，又见其不买自己的账，竟没有任何表示，便将苏荣胜军法论处，就地枪决。阙家乡人心大快，邓惠中也沉浸在胜利的喜悦之中。

1948 年农历二月十九日，是阳春里一个绝好的天气，日光灿烂，晴空明净如洗，坐落在岳池、武胜一带的万塔山显得分外精神。春天的脚步从这里走过，一脚深一脚浅，深的脚窝生出绿色，浅的脚窝生出红色，那松柏苍翠欲滴，杨柳张开青绿色的伞，灌木丛从巨大的根块上伸出浅绿的枝条。野桃花开了，淡淡的粉色在摆动。更吸引人的是那杜鹃花，一丛一丛，漫山遍岭，像成千上万的人手里举着鲜艳的红旗。红绿相间，景色是那样美。空气到处散发着清新惬意而又浓郁醉人的春天的气息。杜鹃在欢快地鸣叫，松鼠在峻峭的山崖上跳跃，远处还传来群猴欢欣的呼啸。

万塔山上有古老的寺庙和香塔，吸引人们纷纷前来进香和还愿。传说每年阴历二月十九日、六月十九日、九月十九日是观音菩萨的生日，当地许多善男信女都赶在这些日子进山朝拜。今天一早，进山的人就开始络绎不绝。约莫上午十点，通往万塔山的山道上走来了一女七男。男人们手提供品，那位女的身着青布短衣，穿黑裤，蹬千层底布鞋，虽然脸上也有进山人的庄重和虔诚，但两眼却分外炯炯有神。她两手空着，一看就知道她是一个不寻常的人。他们没有去山顶的寺庙，而是趁人们不注意的当口拐上岔道，在一个僻静的山崖旁停了下来。

“邓大姐，你选的这个地方不错嘛！”一个男子冲着穿青布短衣的中年妇女说。

邓惠中摆摆手，笑着招呼同来的人：“大家坐下吧，带来的酒菩萨不喝，咱们替她喝。”她原本是不喝酒的，后因统战工作的需要，也学着喝了一点。现在她喝了几杯，脸色泛红，上山时要去“还愿”的那种虔诚不见了，代之的是激越和兴奋：“同志们，工委要我分管和联络岳西地区党的工作。经请示上级同意，建立中共岳西支部。

秦来朋同志任党支部书记，秦中材任支部副书记，李文亚任组织委员（后来蒋荣廷接替他的工作），秦贯之同志为武装委员，秦满朋为宣传委员。支部成立了，那么当前的主要任务是什么呢？就是积极进行武装暴动的准备，做好‘三抓’‘三抗’。抓政权、抓枪支、抓人员，抗丁、抗粮、抗税。现在群众的斗争情绪已经起来了，我们的组织和领导工作一定要做好。”

邓惠中讲完，大家讨论支部的工作。讨论中，邓惠中问秦来朋：“那几个与你相熟的保长，能不能抓过来？”

“没问题！”秦来朋讲得很干脆。

“好得很。告诉我们的党员，凡是能够利用的关系都要利用上。有了政权，就有了一切，枪支、人员就不愁到我们手了。在工作中，要注意宣传党的政策，讲究策略，提高警惕，保证安全，若发生了问题，要立即报告，采取果断措施，能教育的就教育，能纠正的纠正，不能教育和纠正的就设法甩掉，必要时可采取安全手段对付他。在各保原有农会的基础上，要大力发展游击队、‘生期会’等组织。保长的权力已被抓过来的保，要用我们的人员去充当保警备班的保丁，把枪杆子完全掌握在我们手里，这叫作‘枪换肩’。暂时没有被抓过来的保，我们继续做工作，一遇拉兵，赶快通风报信，让农村青年早做逃跑的准备或投奔我游击队。在抗粮、抗税方面，要发动群众，团结一致，不向反动政府交粮交税。对那些顽固地坚持为国民党效劳的保长，丝毫不能客气，要用各种办法教训他们，释放被抓的壮丁。”

“杨柳乡花园墙的保长胡莫生可算个典型，表面答应不抓丁，暗中却将我们的四个农会骨干抓了起来，准备送到区里。”秦贯之接过邓惠中的话头讲道。

邓惠中果断地说:“就拿这家伙开刀。你晚上带几个人去，把他捆起来，用篾条猛劲抽他的屁股。但不要往死里打，只要他认错，亲手把抓的人放了，就饶了他。其他像胡莫生这样的保长，也要惩治一下。死心塌地的也可以收拾几个，镇镇敌人的气焰！”

在邓惠中的主持下，他们对整个工作做了详细研究和周密安排。太阳西斜，邓惠中和一起去“还愿”的几个人就要下山了。她一时高兴，随手摘枝杜鹃花插在头上。

“大姐呀，你年轻了不少哩！”一个同志开玩笑说。大家都笑了。

“年轻啥子嘛，是花太好看了。我们的斗争就像这杜鹃花，要红红火火地展开了！”邓惠中望着漫山遍野盛开的杜鹃花，意味深长地说。

十三、放下教鞭拿起枪

万塔山会议之后，按照邓惠中的安排，岳西地区的工作很出色地开展起来了。较短的一段时间内，就发展了 56 名党员，抓过来近 40 个保政权。不少保的保长都是中共党员。武装力量也抓了一部分，掌握了一些枪支弹药，成立了不少小型的独立活动的武工队、游击队。根据形势的发展和斗争需要，临工委决定将岳西地区已发展起来的不同名称的武装组织，统编为地下游击队岳西大队，下设三个中队，十个小队。邓惠中做特派联络员，对岳西游击大队负直接的领导责任，平常参加直属小队的活动。直属小队的任务是保卫工委的安全。秦来朋、曹文翰任正副队长，秦满朋和罗仁杰负责政治工作。

为了提高战斗力，上级很重视各个游击大队的军事训练。当时川东临工委办了训练班，请从延安来的有军事斗争经验的同志讲“三大纪律八项注意”“游击战争的战略战术”和战地救护等基本知识，训练教员，然后再将教员派到各游击队中指导军训。

1948年4月下旬的一天，邓惠中召集大队的几位同志开会，传达上级指示精神。她严肃地说:“上级要求，已发展起来的武装人员，必须普遍进行一次军事训练，最低限度要教会每个队员瞄准、击发、冲锋、撤退、掩护自己等等基本军事技术，在训练中要发挥‘小教员’的作用，懂的同志要教不懂的同志。”然后，在全体队员大会上，她又讲了军训的意义和具体要求。看到有些队员有畏难情绪，她风趣地说:“有的同志说，自己过去没有摸过枪。是的，大多数人过去是没摸过。枪不能当锄头锄地，也不能当犁杖使，摸它干啥子嘛！但是，没办法，是国民党逼得我们拿起枪，我们只有拿起枪才能打败他们。就说我吧，教书出身，教鞭摸了许多年，枪可是没摸过一回。现在，我要放下教鞭，拿起枪，还要像一首歌里唱的那样，一颗子弹射死一个敌人！这就要下苦功夫练。再说立正、起步走的训练。我过去和封建礼教斗争，哭了喊了多少回，才算有了一双半大脚。但它毕竟被包过，受过摧残，走起来不大得劲，脚后跟先落地，一扭一扭的，但我有决心练。在所有科目的训练中，我愿意和大家来一个比赛，看谁基本动作掌握得好，看谁的枪打得准。行不行啊，同志们？”

“行！”队员们的情绪被邓惠中感染了，异口同声地回答。

按照邓惠中的指示，军训以小队为单位进行。大队领导分到中、小队参加训练。邓惠中参加了直属小队的军事训练，地点在岳池县踏水乡宝珠寺坎下的岩弯沟里。

“立正！起步走！”

邓惠中挺胸抬头，和其他队员一样站在队列中，一遍又一遍地按照口令做停止间、行进间的基本动作，一天下来腰酸背疼。晚饭后，她躺在床上稍事休息，二儿子叶坼进来了。叶坼仍在县城新三中学读书，这一段被组织上派来参加军训。

“妈，我给你捶捶背吧！”

“好。”邓惠中从床上起来坐到椅子上，叶坼的拳头不轻不重，恰到好处地落到妈妈的腰部、背部。邓惠中感到一阵舒服。年岁不饶人哪，40多岁了，又城里城外地奔波忙碌，手脚都不如先前灵便了。

邓惠中惬意地闭上眼睛，任凭儿子捶着腰背，身上松快舒服多了，精神上也得到快慰，享受着天伦之乐。

“坼儿，你会用竹子做枪吗？”邓惠中似乎想到了什么，突然睁开眼向儿子发问。

“会做，过去和哥哥一起做木手枪玩具。”

“那好，我们现在就找材料来做！”

“干啥子用呀？”叶坼对妈妈的突然发问和举动迷惑不解。

“马上就要进行射击训练了。我们枪支少，不够用。子弹也缺，开始时不能搞实弹练习。我想做一些木制、竹制的手枪，用纸砣砣当子弹，供队员们练习用。”邓惠中解释说。

“要得，这个办法好！”叶拆一跳老高，飞跑着找材料去了。

在邓惠中的组织下，全小队做了不少竹、木制手枪。她身边随时携带一支，抽空就将纸坨坨当子弹练习射击，后来又改用铸蜡弹头。右手练累了，就改用左手，掌握了持枪、瞄准、击发的基本要领。实弹训练前几天，才改用真正的手枪练习。

实弹射击中，邓惠中瞄准就打，头一枪就射中了目标，接着又连续击中了几次。“邓大姐好枪法！”在场的队员喝起彩来。秦来朋很佩服，当场解下自己佩带的勃朗宁手枪双手捧着递过去：“邓大姐，这支枪送给你吧！”邓惠中兴奋地接过来，从此身边开始有了一支小手枪。

邓惠中还充当教官。她用童子军棍代替步枪教队员练习，认真地说：“我们要不仅能用短枪，还要能用长枪；不仅要学会使用武器，还要能在没有武器的情况下徒手搏斗。”在她的教练下，不少队员学会了打陈式太极拳。每天晨霭初起，队员们聚拢在一起，练功习武。

这天，邓惠中握着手枪，正聚精会神地练习瞄准，地下联络站送来一份情报，说新场乡长抓了二十多个壮丁，今天往县里送。邓惠中决定带人前去堵截。她头缠青布巾，身着蓝短衫、黑裤子，腰插一支勃朗宁手枪，率领一部分队员来到通往县城的必经之路车家湾。当乡丁们押着壮丁路过这里时，邓惠中和队员们一拥而上。乡丁们被这突然到来的举动吓呆了，抬头一看，带头的竟是一个威风凛凛的老太婆，吓得恨不得钻到地缝里去，一齐跪地求饶。这是邓惠中第一次参加这样的行动，放走了二十多个壮丁，缴获了九支步枪和一支手枪。

当时，岳西三溪、新场、断桥、踏水、龙孔设了许多训练点。邓惠中经常翻山越岭，迈开一双半大脚到各主要训练点检查军训情况，了解每个小队的战斗力。为了不暴露身份，她经常化装，有时是乡村教师，有时是山中老妪，有时是阔妇人……

一天中午，邓惠中习惯地理了一下头发，呷了一口茶说:“秦满朋同志，你跟随我去粽粑乡走一趟，准备一下就动身。”出发前，她换上了曾玉清新婚时穿的一套新衣服，梳了梳自己的短头发，在脸上搽了一点粉，头上插一朵花，在镜子面前照了照，对曾玉清说:“你看我像不像个阔太太？”

“你真像，装农村妇女像农村妇女，装阔太太像阔太太，又大方又合体，装啥像啥。那孙猴子七十二变，我们邓大姐还不止七十二变哩！”曾玉清风趣地回答。

邓惠中被逗笑了:“没办法，这是和敌人斗争的需要嘛。革命胜利了，就一副模样，安安稳稳地当我的老太婆喽。”这时，秦满朋已按照她的嘱咐，换上一件新衣。两人带着手枪上路了。

在粽粑乡刘延云同志家，秦满朋向刘延云说明了来意。当晚，刘延云集中队员三十余人，在他家宽敞的后院做了军事表演，邓惠中检查后感到很满意，她说:“你们的军事训练是不错的，要枪耍刀都熟练精彩。但是，我要向你们提一个问题，今后你们敢不敢上战场去同敌人拼杀呢？”

“解放自己，敢去拼杀。”队员们高声回答。声浪消失后，突然有一个队员说:“我不敢上战场拼杀。”许多队员都回过头看着他，为他说这种话感到脸红。

邓惠中走过去亲切地问:“为什么？”

那位队员看她那样慈祥、可亲，便直率地说:“他们有枪有子弹敢去拼杀，我只有一条空杆子枪，没有一颗子弹，拿什么上战场去拼杀？”

经了解，队员中最多的只有八发子弹，一般的只有三四发，说不敢上战场拼杀的那个队员果真没有一发子弹。邓惠中感到问题严重，立即召集干部研究，她说:“子弹很少是普遍性的问题，没有子弹，怎么上战场呢？我们要立即想尽一切办法解决，你们要继续加紧训练，做好战斗准备。”

检查完工作，已是深夜十二点钟了。刘延云坚持留他们住一宿，邓惠中执意不肯，和秦满朋摸着黑踏上了归程。

夜黑暗沉寂，是那样阴森、凄惨。月亮和星星都叫乌云这块黑布给遮住了。突然一声炸雷在空中爆响，闪电划破长空，勾出了远山和近处村落房屋的轮廓，紧接着是雷雨铺天盖地而来。邓惠中的衣服被雨淋湿了，过田埂时，脚下一滑，坐到了水田里，成了一个泥人。下雨时，秦满朋留了一个心眼，把那件新外衣从身上脱下来塞进了包里。现在雨停了，他急忙把干衣服拿出来递给邓惠中:“大姐,你年纪大,身体又不好,快把这件衣服穿上吧！”邓惠中不肯:“小兄弟，你快穿上吧。我是大姐，更应当关心小弟弟呀！不用为我担心，这点困难算不了什么，共产党员死都不怕，还怕穿湿衣服？你听过刘胡兰的故事没有？敌人把钢刀架在颈项上，她都面不改色心不跳。如果我们有她那种精神，就没有克服不了的困难。”

回到曾家，曾玉清急忙烧了开水，让邓惠中洗澡换衣。邓惠中近来操劳过度，又淋雨受了凉，发起烧来。她将曾玉清做的一碗姜汤喝下去，迷迷糊糊地倒在床上睡着了。她在睡梦中嘴唇嚅动，声音很低很低:“子弹，子弹……没子弹……要……要设法搞到子弹……”

第二天一早，邓惠中拖着疲惫不堪的身子出发了，她找到工委书记，汇报了基层缺少枪支弹药的严重状况。当时武器的来源除了“枪换肩”之外，就是靠党员干部、进步人士筹款购买。大军阀杨森的侄女、共产党员杨汉秀卖了大部田产，蔡衣渠、邓惠中等岳池、武胜的党员也都先后卖了部分家产，用这笔款购买一些枪支子弹。蔡衣渠告诉邓惠中，临工委已经从重庆运来设备，准备就地制造武器。谈完这件事，他又严肃地对邓惠中说:“老邓，你来得正好。请你到南充走一趟，给九工委送一笔活动经费。敌人现在封锁路口，又到处抓丁，男同志去不安全，只有劳驾你了。”当时，上级决定南充九工委不参加武装暴动，退到二线，留作机动，必要时紧急策应，同时担负起掩护起义中受伤人员和疏散退下来的同志的任务。因此，邓惠中要送给九工委的这笔经费，就显得特别重要。

到了南充，邓惠中直奔永安乡天心庙，九工委机关设在这里。说是机关，实际上就是朱光璧的家，一座茅屋而已。这时，朱光璧和邓淑华不再假扮夫妻，他们已经结婚了，且有了女儿蓉蓉。自打那次把淑华救出送到这里后，邓惠中再也没来过，淑华怕暴露身份，也从没回过岳池。姑嫂二人几年没有见面了。三位战友、亲人相见，百感交集。一岁多的蓉蓉惊奇地盯着舅妈。邓惠中抱过蓉蓉，在孩子细嫩的脸蛋上亲了几下。蓉蓉身上穿着一套绣着花的粉红衣服，那是邓惠中亲手做的。听说淑华生了孩子，也没有时间看望，就精心做了一套衣服。多年不绣花了，手生，一不小心，针扎破手指，冒出血珠，她把手指放在嘴上吮一下，又绣，一连几个晚上才做好，让一个同志带了来。没想到蓉蓉穿上这么合身。她把孩子举过头顶，孩子甜蜜地笑着。

晚饭后，邓惠中把经费交给朱光璧。三人唠了一会儿，朱光璧去学校住了。淑华把蓉蓉哄睡，姑嫂二人也上了床。此时月光似银，万籁俱静。在那张大竹床上，邓惠中和邓淑华低低地时断时续地唠着。

“嫂，我哥有消息吗？”

“原来听说被鬼子害了，后来又听说侥幸脱险了。十年也没接到一封信，真叫人牵肠挂肚。”

“快了，胜利了，你和哥就见面了。”

“看这势头，一两年准胜利，但得拿命去换啊！几个孩子都拉扯大了，也能做革命工作了。即使见不了你哥哥的面，我也对得起他。”

“几个孩子都好吗？”

“好，叶甲、叶芸在家，叶坼到乡下了。我是下定决心干咱们这一行的，所以就不怕丢脑袋。我和坼儿豁出去了。革命胜利时，如果能剩下叶甲、叶芸，我就很庆幸了。”

“现在斗争残酷，是要有思想准备的。不知你们那边的形势怎么样了？”

“正发动群众，训练队伍，待时机成熟就起事。那时我们扯起旗帜，和敌人面对面真刀真枪地干！”

看着嫂子情绪这样高，邓淑华兴奋地说道：“华蓥山武装暴动一开始，就像在国民党后屁股上狠狠捅它一刀，叫它顾不了前也顾不了后！”

两人都笑了。

邓惠中从南充回来，形势发生了急剧变化。1948 年 4 月，重庆的报纸《挺进报》被敌人破获。《挺进报》先是刘熔铸、陈然、蒋一苇自发创办的无名油印传单，随后有吴子见、吕雪堂参加工作，经刘国志与彭咏梧联系，不久便转为重庆市党委机关报，受市委彭咏梧的直接领导。由刘、陈、蒋具体负责出版;成善谋负责收录新华社稿件;发行由市委组织。江竹筠等同志做了大量的工作。《挺进报》的出版在重庆如同于夜幕中点燃了一团火,像刺向敌人的钢刀。特务头子暴跳如雷，指令限期破获。破获后又以此为突破口，逮捕了地下党重庆市委书记刘国定,副书记冉益智。刘、冉二人贪生怕死，相继叛变，使川东党的组织遭到极大破坏。下川东方面，特务以冉益智做鹰犬，于 6 月中旬先后在万县逮捕了川东临委联络员江竹筠、万县县委书记雷震等同志。上川东方面，重庆行辕二处的特务，根据叛徒刘国定提供的线索，到广安逮捕了上川东地委委员兼第五工委书记骆安靖。骆安靖被押往重庆后叛变，出卖了一批党员。

广安、岳池、南充等县的党员和进步人士连遭敌人逮捕，一时间黑云滚滚，国民党反动派的气焰十分嚣张，军警、特务密布川东各县，大网张开，关卡林立，游击队的活动更加困难了。

一天,邓惠中接到工委通知,发给岳西游击大队手枪子弹 30 槽、步枪子弹 9000 发。她高兴得连声叫好，赶忙组织人去领取。

驻地离子弹发放地点几十里路，中间有几道关卡，邓惠中亲自

带着几个队员去运子弹。他们先将子弹领到小山边一秘密联络站里，然后商量闯过界碑关卡的问题。

邓惠中说："这些卡子由保丁把守，是土关卡，我们是可以混过去的，但过卡的时间应该是太阳落山的时候，早了不行，一旦打起来我们脱不得身；太晚了也不行，敌人在黑天肯定会更加注意防范。"她吩咐身边的一名队员："你快去弄一顶滑竿来。"然后看了秦满朋一眼说："好，你今天正巧穿草绿色上衣！"说着随手拿出一顶预先准备的军帽，给小秦扣在头上。秦满朋提着手枪，装着伪军的样子比画两下，挺像那么回事，把大家都逗乐了。

滑竿弄来了。邓惠中一身阔老太太打扮坐了上去，装弹药的手提箱放在身后，由两个队员抬着上了路。秦满朋提着手枪随滑竿走，其余队员跟在后边。"到哪里去？"守卡的一个保丁盘问。这里共有七八个保丁守卡，他们东倒西歪地在那里歇凉，听说有人来，全都端着枪站了起来。

"去武胜县！"秦满朋回答。

一个头头模样的人要检查通行证，叫滑竿停下。邓惠中一副不屑一顾的神态："哼，吃饱饭撑的！"朝秦满朋一挥手："把通行证给他。"秦满朋一步跨上来，用手枪顶住他的下巴骨说道："老子这就是通行证，再啰唆敲掉你的牙！"

那家伙一见这阵势，吓傻了眼，连忙说道："对不起，对不起，请高抬贵手。”那几个保丁也哆嗦起来。

“睁开狗眼瞧瞧，看你奶奶是干什么的！下次再这样子，小心你的脑袋。”滑竿上的邓惠中骂了起来。

抬滑竿的队伍走远了，保丁们你看看我，我看看你，其中一个说道:“老太婆好威风，干啥子这么凶哦。”

“莫不是那个带头拦路堵截送壮丁队伍的女共产党？”另一个惊魂未定，颤抖地说。

要检查通行证的那个一听瘫倒在地下。“妈呀，刚才我要再多说一句，吃饭的家伙非搬家不可！”

子弹安全运回后，邓惠中立即组织分到各小队。个别驻地偏僻的小队，她就背着背篓给送，子弹藏在下面，上面用胡豆糖一类的东西掩盖着。来来去去目标小，不容易引起敌人注意。

子弹补充了，但全大队还差 20 多支步枪。和一小队的领导商量后，决定集中 40 多名游击队员，分两路去当地的一些大财主家夺枪。一路由秦来朋、罗仁杰同志带领去夺秦家大财主的枪，一路由邓惠中带领去夺“曹黑鸡母”大财主家的枪。为了不暴露身份，她这一次行动戴上博士帽，女扮男装。那外号叫“曹黑鸡母”的大财主家有 10 支枪。邓惠中准备用明借暗缴的办法把它拿过来。

这天晚上,“曹黑鸡母”由姨太太陪着抽大烟。“这几天风声紧，那些共产党分子不敢作怪，老子可以稳稳当当地过几天太平日子

啰！”他放下烟枪，朝姨太太扑过去。正在这当儿，一阵急促的敲门声传来。

“谁呀？”

“我们是共产党游击队！”

“曹黑鸡母”浑身如抖筛糠，一时慌乱，竟穿姨太太的绣花鞋前来开门。

进了屋，邓惠中一使眼色，身旁一个游击队员说道:“我们今天来，是想借你的枪用一用。”

“好说好说,尽管吩咐。”“曹黑鸡母”如捣蒜一般,一个劲地点头。他的姨太太吓得尿了一裤。

十四、多了一个掉脑袋的

邓惠中下乡越来越频繁，在乡下待的时间更多了。儿子叶拆也放弃了在新三中学的学业，全力以赴投入到武装暴动的准备之中。除了军训时间，母子俩很少见面。川东临委领导看叶拆机警、勇敢，就将他带在身边做联络员，并发展他入了党。

一天，叶拆从外地回来，赶到游击队的驻地看望妈妈。一见面就兴冲冲地说:“妈妈，我要改名字！”“改名字做啥？”邓惠中很奇怪。“我就愿意改嘛！你不是也改过名字！”说完，叶拆把嘴凑在妈妈耳边告诉了自己入党的“秘密”。为了表示对党和人民的忠诚，决定改名邓诚。“邓诚！好，这个名字响亮！”邓惠中为儿子的进步感到高兴，同意了。

过去，邓惠中有意识让叶甲、叶拆、叶芸为革命做些工作。几个孩子秘密为伯伯、叔叔传递信件、带路、送饭。党的同志来了，他们不等妈妈安排，便机灵地去门口放哨。看到有外人来，就远远地迎上去，大声地招呼、说笑。屋里人得到信号，不是打牌，就是摆龙门阵，外面来人看了，也发现不了什么可疑的地方。也真多亏了几个孩子，在他们的协助下，设在自己家的党的联络站从未遭到敌人破坏。在这里，没有一个同志被捕。孩子们逐渐大了，应该放开手脚，让他们为革命做出更大的贡献。邓惠中把几个孩子逐个考虑了一遍，觉得叶拆最为成熟。叶拆接受革命道理早，在新三中学读书时，受到蔡衣渠等党员的帮助教育，在学生运动中表现很好，几次带领上级领导朱光璧从县城去各乡、场联络，每次都顺利地完成了任务。她决定郑重地找儿子谈一次话，发展他入党。但还没来得及这样做，川东党的负责人已经亲自发展叶拆入了党。邓惠中如愿以偿。

她双手把着儿子的肩膀，仔细端详着。他结实的身板，高高的个头，头发密而微卷，浓眉下一双大眼格外有神，一副魁梧、强壮的男子汉模样。母亲流露出骄傲和欣喜的眼光，似乎儿子是在突然间长大的，自己刚刚发现儿子的变化。她看到儿子衣服袖子上划破了一个口，就拿出随身携带的针线，熟练地缝补起来。

“诚儿，想哥哥、妹妹吗？”邓惠中语调里充满着慈爱。

“想，心里惦着他们。”邓诚回答。

邓惠中在问话中，省略了一个人的名字，那就是住在自己家的侄女张淑贞。邓诚和张淑贞自由恋爱，两个人正在热恋中呢！当母亲的不好直接问儿子的心事，有意回避了。但此时此刻，她能想象到儿子是一种什么样的心情。

“我要回城里处理一些工作。你也回去一趟吧。看看哥哥、妹妹和淑贞。暴动开始后，就没有机会了。”母亲对儿子说。儿子点了点头。

这时，华蓥山地区的革命形势如汤鼎沸，正是武装暴动的前夜。邓惠中和儿子邓诚回到家中，全家人都分享了团聚所带来的欢悦。上级指示准备在华蓥山开展武装暴动后，邓惠中不顾危险奔走于城乡之间，邓诚一到乡下就没有回城，全家难得团聚一次。邓福谦仍没有消息，生死难卜，他如果突然出现在全家人面前，那该多好啊！但家里每个人都知道，在战乱频仍的现在，是根本不可能的。现有的几个人能团聚，就够令人高兴的了。小叶芸喜滋滋地哼起歌，淑贞那少女的脚步更加轻快，秋波盈盈的明眸显得更加有神采。叶甲向妈妈问了好，和弟弟握着手，迟迟不愿松开。小家庭里一时间洋溢着欢乐的气氛。但此时，只有邓惠中和邓诚清楚，这是华蓥山武装暴动前的最后一次欢聚，也许就是最后的诀别！他们已经下了准备牺牲的决心。邓惠中把一切危险都想到了，在回城路上一再叮嘱儿子：“你若被捕后，不要承认自己是共产党员。哪怕死了，也不要说出党的机密。”

邓诚打开木箱，清理自己的东西。他把那件最喜欢穿的学生服送给孪生哥哥叶甲，把几本心爱的书送给淑贞。叶芸得到的礼物是一方手帕。邓诚默默地清理着东西，这个年仅18岁的青年，在人生的旅途中有多少事情在等待着他去做啊！他向往美好的生活，珍惜青春年华，但为了劳苦大众的解放，毅然跟着母亲投入了血与火的斗争。

两天之后，邓惠中和邓诚又要下乡了。临走的头天晚上，淑贞和叶芸动手，做了几个菜。叶甲说要打点酒给弟弟送行，邓惠中平常是不许孩子们喝酒的，这次却破例同意了。

酒，火辣辣的酒，倒在一个小瓷碗里，大家轮转着喝。孩子们从未看见妈妈喝过酒，这次却看见她喝了几口。这酒触动她心底的千头万绪。这场面，使邓惠中想起了与福谦分手的那天晚上。整整10年了，福谦没有一点音讯，怎能不使她感到无限的惆怅，但一看到眼前的儿子、女儿都成了大人，未婚儿媳（自己的亲侄女）坐在身旁，心里又感到一些安慰。邓诚不会喝酒。哥哥叶甲非让他喝，淑贞也鼓励他尝一尝，就放开胆子喝了几口，酒一下肚，一片红云顿时浮现在他脸上。

饭桌上，孩子们憧憬着未来，描绘着和爸爸欢聚的情景。邓惠中意味深长地说:“到了那时候，如果能剩下叶甲和叶芸，我就很满意了。”那时，叶芸早就知道妈妈是党的地下工作者，但二哥是什么时候……她瞪着眼睛，看看妈妈，看看二哥。妈妈笑笑说:“我们家又多了一个掉脑袋的！”

“我们家又多了一个掉脑袋的！”作为一个母亲，邓惠中又何尝不怕自己的儿子掉脑袋呢？她完全把个人利益和个人感情置之度外，不但把自己，也把自己的儿女献给革命事业呀！说这话时，她没有丝毫的痛苦，而是流露出一个伟大母亲的骄傲。

晚饭后，邓惠中找党内其他同志研究工作去了。邓诚约淑贞到屋外走一走。夜幕已经降临，夏天的夜是那样柔软、亲热、醉人，高空深不可测，月亮时隐时现，花的馨香向人袭来。他们两人来到江西馆小学操场的一个角落。

“诚哥，送给你一块手帕，这上面有我的心意。”淑贞话语里充满深情。

邓诚接过手帕，借着月光，看见洁白的手帕上，用红丝线绣着两只水中嬉戏的鸳鸯，并肩交颈，恋态活现。他脸发烧，心狂跳起来。和淑贞恋爱以来，总是兄妹相称，他们不喜欢卿卿我我，连手都没有碰过一下。但此刻，邓诚再也控制不住自己的感情，是因为喝了酒，是因为生死别离的预感，还是……他伸出粗壮有力的手臂，猛地把未婚妻揽在怀里。淑贞把脸紧紧贴在邓诚结实的胸脯上。

静，静，那浸透了爱的沉寂啊！

良久，邓诚才缓缓地说：“淑贞，我没有什么送你，就送你一张照片吧！照片是我上新三中学时照的，我就照过一次相，照片交学校一张，我留一张。你知道，我要下乡去了，那边是要流血的啊。以后万一出了事，照片就留给你做纪念吧！”

淑贞一手接过照片，一手去堵邓诚的嘴：“莫要乱说嘛！”

“贞妹，不瞒你说，我加入共产党了，在党的人是不怕丢脑袋的！为了大伙，我要暂时牺牲个人的幸福，也可能永远失去个人的幸福。我反复思量过了，你是会理解和支持我的！”

淑贞听完此话猛地抬起头，一字一顿地说：“我也是共产党员！”

“我猜得到。”邓诚没有吃惊，话儿意味深长。

“我也早猜到你是在党的人了。”

淑贞缓缓地说，她娇嫩的手在邓诚结实的胸脯上抚摸着。

“谁介绍的？”稍停了停，邓诚兴奋地问。

“姑姑。不，妈妈！”

“贞妹！”

“诚哥！”

一对恋人紧紧地拥抱在一起，两颗年轻共产党员的心在剧烈地跳动着。他们都加入了党组织，但在党的纪律约束下，以前谁也不曾把这心底的秘密告诉对方。邓诚马上就要冲上杀敌的战场，淑贞也面临着更加严峻的考验，在这生死别离的时刻，他们才道出了各自的真实身份，以表示相互支持和信任，以及将生死置之度外的决心。这是多么纯洁的爱情，多么高尚的情操！

云儿慢慢把一轮圆月遮住，它害怕月光惊动这对沉浸在幸福之中的恋人。

十五、华蓥山上震敌胆

武装暴动在紧张的准备之中。

一天，邓惠中接到工委的通知，让她到新场参加会议。她一看接到通知的时间晚了，就急匆匆向开会地点赶去。来到新场，她觉察到形势不对。场上戒严了，路口都有乡丁把守，对过往行人一个个盘查。为了防止意外，她机警地一闪身躲在了路旁的树丛里。就在这时，看见一队乡丁押着几个人走了过来。等走近看时，大吃一惊，原来是工委书记蔡衣渠、委员蒋可然和罗永晔被捕了。他们三人一边被押着走，一边大声嚷嚷："我们几个教书的在一起聚一聚，犯了什么法！""抓不到共产党，龟儿子拿我们撒什么气！"工委书记扯开嗓子大声喊："乡亲们不要为我们担心，自己多保重吧！我们没有什么罪！"邓惠中听出这是书记对自己同志的关照，不让轻举妄动。眼看着自己的同志落入虎口，邓惠中的心都要碎了，眼泪哗哗地掉下来。她忍着悲痛来到场边上一个党的联络站，让一个同志前去探听情况。不一会儿，那个同志回来了。

“情况怎么样？”邓惠中迎上去急切地问。

“还好，他们的身份都没有暴露。在开会地点，他们被一个伪保长撞见了。那家伙起了疑心，就跑到乡公所说看见了几个共产党。被抓后，书记他们口很硬，不说真实身份，敌人也找不到什么证据。”

“有什么营救的办法吗？”

“可以设法取保，只是需要一笔钱，那些龟儿子都是见钱眼开的货。”

“好！你找其他党员再想想办法，我去弄钱。”邓惠中说完，转身走了。

黄昏时分，她来到岳池县城的西门外。自己在城里城外地来回走动，容易暴露身份，斗争情况又很复杂，因此得处处小心。她让住在西门外的侄女凤玉告诉女儿叶芸，约定在土地庙旁边见面。

一会儿，叶芸来了。一段时间不见面，母女俩都很激动。邓惠中高兴地一把将叶芸搂在怀里，仔细地端详了好一会儿才说：“芸儿，你瘦了，甲儿可好？”

“我们都好，只是担心你们。二哥好吗？”叶芸紧紧抱住妈妈，眼泪要流出来了。

邓惠中抚摸着女儿的双肩说：“芸儿，不要怕，你看，妈妈不是好好的吗？”她微笑着，还是那么慈爱、安详。叶芸仔细看着妈妈，只见她头上缠着青布巾，平时的长袍换成了蓝短衫，黑裤子，活像一个乡下老太婆。忍不住笑着说:“妈妈，你真会演戏。”

邓惠中说:“和敌人周旋，不会演戏怎么行？”停了一会儿，她对叶芸说:“芸儿，我有件事情要你去办一下。你去托李表叔把我们家的谷子卖掉，明天把钱送到这儿来。”

叶芸吃了一惊，当时物价猛涨，特别是粮食，价涨得更厉害，这些谷子是全家半年的生活费，妈妈为什么要卖掉呢？她不禁问道：“你要那么多钱干什么呀？”

邓惠中沉思了一下，严肃而又难过地说:“芸儿，蔡衣渠先生和两个同志被捕了，敌人还不知道他们的身份，要用这笔钱把他们赎出来。我们家的粮以后再说，先救同志要紧！”接着，邓惠中又询问了家里的情况。

这时，邓诚也在乡下做武装暴动的准备工作，家里只有叶甲、叶芸和侄女张淑贞。张淑贞入党后代替邓惠中在城里做联络工作，并负责搜集敌人的情报。叶芸告诉妈妈，敌人开始注意到自己家了，有特务监视盯梢。邓惠中反复叮嘱叶芸要多加小心，并让她转告张淑贞，一定要保证组织的安全。然后，她的身影消失在茫茫的夜色中。

叶芸按照妈妈的吩咐，去找了李表叔。李表叔又托了几个人，分头卖掉了谷子。

第二天晚上，叶芸在约好的地点把钱交给妈妈。邓惠中拿到钱，匆匆赶往新场去营救书记等人，没想到他们已被营救出去了。当时任白庙乡乡长的周殖藩，“皮白心红”，是个党员，听说工委书记被捕，急忙前往，以伪乡长的身份出面担保，使同志们脱险了。后来，特务查出工委书记是我党的负责人，便将周殖藩逮捕，押往渣滓洞监狱。周殖藩在 1949 年 11 月敌人的大屠杀中遇难。

战友脱险了，邓惠中无比高兴。她毫不吝惜地用那笔钱买了快枪和两千多发子弹。

叛徒对党组织造成的破坏越来越大，川东各县越来越多的党员被捕，严重威胁着上川东地委所属华蓥山周围各级党组织的安全。在破坏不断扩大，形势更加危急，党的许多干部难以隐蔽的情况下，川东临委王璞同志决定，召开紧急会议，研究提前发动起义，用武装斗争保护党组织的安全。本来，临委对起义时机是有慎重考虑的。1948 年春，上川东梁山、达县、大竹和下川东奉节、巫溪、云阳的武装起义受挫。游击队政委彭咏梧率部出击，与敌正规军五八一团发生遭遇战，敌强我弱，突围时，彭政委英勇牺牲。川东临委认识到华蓥山武装暴动的条件尚不成熟，决定进一步积蓄力量，积极准备，待条件成熟时再发动大规模的起义。但这计划被意想不到的事件打乱了，起义不得不提前进行。

7 月上旬，王璞同志从岳池去广安，途中了解到各地出现的严重情况。刘国定、冉益智、骆安靖被捕后，川东临委虽然立即在上川东各县部署应变措施，通知干部转移隐蔽，但仍有一些同志遭到逮捕，敌人还在各地进一步搜捕“共产党嫌疑分子”。这些情况使王璞同志受到震动，他立即返回岳池罗渡乡，在共产党员伍俊儒家里召开了有各方面负责同志参加的紧急会议。会上，王璞分析了形势，认为目前情况紧急，为了反击敌人，保存党的力量，应立即发动华蓥山周围几县的联合大起义（即华蓥山武装暴动）。他说，在川东发动武装起义，是上级的决定，我们已经做了积极的准备，目前全面起义的条件尚未成熟，但敌人已经进攻了，刀架到了脖子上，不起义就会束手待毙。与其等特务来破坏我们的组织，逮捕我们的同志，不如我们提前搞武装起义。只有拿起枪杆武装自卫才是上策。这样，既可以保存党的力量，又可以建立党领导的游击队，牵制国民党兵力，策应解放军入川。与会同志同意了这一意见。会上决定，上川东各工委领导的地下武装力量组成“西南民主联军川东纵队”，王璞任政委，曾霖负责军事工作。各工委领导的武装分别组成支队，支队番号与工委番号相一致，由工委书记任支队政委。各支队发动本地的武装起义，然后将各地的武装力量汇合起来，建立游击根据地。会后，大家根据决定，立即开展起义的组织工作。

1948 年 8—9 月，华蓥山周围的广安、岳池、合川、武胜、达县、大竹、渠县等县的联合大起义，像地震似的连续爆发了。华蓥山上燃起了熊熊火炬，飞扬着武装暴动的战旗。

这次联合大起义，广安代市、观阁，武胜三溪，岳池伏龙，合川、武胜边境的金子、真静，渠县龙潭等5处起义规模较大，游击队员先后发展到两千多人。

华蓥山发生武装暴动的消息，传至重庆、上海、南京，传遍全国。国民党看到“后院起火”，极为震惊。

四川省主席王陵基接电后，长叹一声颓然坐到椅子上。“华蓥山以往是不引人重视的地方，现在却成了四川的盲肠。目前大批共产党已渡过黄河，华蓥山共产党企图里应外合，使我腹背受击，实在可恨可怕！”他连夜在成都召开紧急会议,策划“绥靖”办法。

伪“川康渝留京国大代表联谊会”，电请“派兵进剿华蓥山土共”。国民政府得到消息，十分关注，责令务必尽快“戡乱”。

王陵基在一阵慌乱之后，急忙调兵遣将去华蓥山镇压游击队。

请看当时国民党报纸上刊登的几条消息：

“樊龄少将任指挥官，华蓥山剿匪部成立。”

“省参会请派大军进剿华蓥山。”

“清剿华蓥山叛匪，当局已派大兵截击。”

“为剿匪事，八县县长受命动员。”

一时间，重庆绥署行辕二处，“内二警”、重庆警备司令部、驻渝保安团等部队或特务组织纷纷出动。敌人万万没有想到，所谓的“围剿”刚开始，就传来了令他们闻之丧胆的消息。这就是南充警察局长林廷杰被华蓥山游击队击毙。

这天，林廷杰带领两个警察大队，从南充与岳池交界的同兴乡过龙家河向游击队正面扑来。岳池西溪、清溪、石龙、同兴几个乡的自卫队三百多人向游击队左侧进攻。岳池、武胜的警察中队也先后赶来，战斗打响后不久，游击队司令部命令暂时停止射击，迷惑敌人。这时，林廷杰误认为游击队不敢战斗，气势汹汹地领着警察大队，吹起冲锋号，狂叫:“跟我上啊！”看到一些警察畏缩不前，他破口大骂:“龟儿子，怕啥，给老子冲！”林廷杰拎着手枪，逼着士兵往游击队阵地冲。等敌人接近阵地，游击队的机枪、步枪一齐开火。机枪手对准林廷杰三个点射，当场击毙了这个双手沾满人民鲜血的刽子手。敌人见头目中弹阵亡，忙掉过头去逃命。这场战斗，游击队取得了重大胜利。接着又连续发生了一连串的战斗。

岳池县的伏龙起义和武胜县的三溪起义，合称为岳武起义，是整个华蓥山武装暴动的重要组成部分。参加暴动的游击队员、进步群众有一千多人，给敌人以沉痛的打击。邓惠中是岳武起义的领导人之一，按照组织上的分工，主要负责起义的后勤工作。队伍打到哪里，她就把新入伍的战士和枪支弹药运到哪里。当时，敌我力量悬殊，形势险恶，战斗激烈，经常需要补充人和枪弹。她向组织表示决心:“今天要人今天到，明天要人明天到，短枪不够，想办法到敌人内部去搞！”

一次，邓惠中听说敌人一辆装军用物资的车从附近通过，便带领几个队员去堵截。她们先把案桌、树桩、石条堵在路上，汽车停下后，他们突然闪出，举着枪高喊：“缴枪不杀！”押车的匪兵乖乖地举手下车。

邓惠中让队员把车上的物资卸下来挑走，供游击队使用。

一天上午，离岳池县城50里地的一个乡场上，人群熙熙攘攘，十分热闹。邓惠中带领几个武工队员到乡公所去搞枪。正在吃饭的伪乡丁，见他们冲进来，急问：“干什么的？”邓惠中唰地抽出手枪，大喝一声：“不许动！”乡丁们个个吓得面如土色，交出了乡公所的步枪、手枪和三千多发子弹，跪地求饶。邓惠中告诉他们：共产党不杀俘虏，只要放下武器，不再继续作恶，就宽大处理。

那几个乡丁抱头鼠窜后，到处宣传游击队如何厉害。还说游击队中“有个老太婆”，身穿蓝短衫，梳短发，半大脚，会使双枪，枪法更是了不得。他们从未见过女子使用手枪，这次见了邓惠中拿枪，一是害怕，二是好奇，有意加进了许多夸张的成分。

这个消息传开后，许多人很惊奇。没见过邓惠中的群众，充分发挥想象力来描绘心中的英雄。有的说“老太婆”用的是“连珠炮”，不用瞄准，百发百中，说打左眼打不了右眼；有的说“老太婆”是“能人”，射出去的子弹见了好人就拐弯，见了坏人就往身上钻；有的说她会飞檐走壁，一纵身能飞过嘉陵江。还编了一个故事，说她开枪打死了一个叛徒。那叛徒在一个共产党员的照顾下才上了中学，后来入了党。这家伙骨头软，被敌人抓住后把许多同志“咬”了出来，还带着特务到处抓人，一天被“老太婆”撞见了。他抬头一看是“老太婆”，吓得大叫一声，扭头就跑。“老太婆”举枪瞄都没瞄，一枪结果了他。

其实，邓惠中并没有手使双枪百发百中的本事，在实际革命斗争中也并不以双手打枪而闻名。但她确实是从小学的讲坛起步，投入了党的怀抱，然后走上了武装斗争的道路；由一个弱女子成了地下党的组织者和武装斗争的英雄，在党的指引下从事惊天动地的伟大事业！

消息传开，敌人为游击队有这样的“老太婆”而吃惊。特务头子曹补之派特务四处调查，终于查出这个“老太婆”就是邓惠中。他异常恼怒，邓惠中在眼皮底下许多年，自己竟没有发现她是共产党，气得咬牙切齿地发誓：一定要抓住她！几天之后，岳池县农村到处贴有捉拿女共产党邓惠中的告示。

敌人不断增兵“围剿”起义队伍，形势急剧恶化，许多同志在战场上牺牲了，不少同志被捕了。为了不使更多的同志落入敌人的魔爪，邓惠中化名岳丽，给居于二线留做策应的第九工委写了一封信：

二老表如见："我们这里族人（注：指共产党人）不幸被火烧了房子，确实烧得惨重，请你们在经济上大力帮助，使他们不致流离失所。" 九工委书记朱光璧得知此讯，立即同其他同志一道安全转移。

十六、身陷囹圄

一天，邓惠中正在安排隐蔽游击队的物资，突然传来一个不幸的消息：儿子邓诚在去武胜县新场（解放后划归岳池）联络途中，被敌人抓去了。邓诚在武装暴动中担任联络员，负责各游击队之间的联络工作。自打暴动开始后，母子俩各有重任在身，又加上战斗频繁，只见过两次面。邓惠中看儿子挎着手枪，威风凛凛，打心里高兴，她为有这样的儿子而自豪。不幸的消息传来，邓惠中深知凶多吉少，心里十分悲痛。但她还是把悲痛强压在心底，尽量不表露出来，怀着满腔仇恨投入战斗。

敌人镇压华蓥山武装暴动，岳池县城成了重要据点。被抓的游击队员、地下党员和进步人士，全部关押在岳池县监狱。游击队计划攻打岳池县城，营救被捕的同志，邓惠中赞同这一计划，但提出派人摸清情况后，再做最后的决定，以免遭受更大的损失。她要求亲自到县城搞情报，游击队领导人同意了。

当时岳池县城的敌人，在武装暴动冲击下，如惊弓之鸟，惶惶不安。一部分兵力驻守县城,一部分由县长带领前往华蓥山“围剿”。尽管兵力已经不少,国民党县党部书记还向重庆“绥靖”公署告急，要求再派重兵，拨给枪支弹药和电台，以加强防卫和“清剿”力量，并在岳池县城四周建筑起了工事。与此同时，他们在城里大肆搜捕共产党员和进步人士。每天夜里，听到哪里狗叫，哪里就有人被捕。在这种险恶的局势下，邓惠中经过化装后于夜间回城里来了。

邓惠中回到家，叶甲、叶芸和张淑贞又是惊，又是喜。她示意不要大声说话,在桌边的一张椅子上坐了下来。离开城里时间不长，邓惠中明显地老了，45岁的人，已经缕缕白发，脸上平添了许多皱纹。餐风饮露，使她成了一副地地道道的老太婆模样，只是那双眼睛，明显透露着中年人特有的机警。她简单地询问了一下家里的情况，才低沉地说:“你们的二哥邓诚被捕了。”

听说邓诚被捕了，叶甲、叶芸、张淑贞都抽泣起来。过了一会儿，邓惠中抹了一把泪水说:“你们二哥是在去新场联络的路上被捕的。你们二姑家不是在新场住吗？谁要问起他上哪里去了，你们就说去给二姑祝寿去了。”邓惠中见孩子们还在抽泣，强压住悲痛安慰道:“你们别太难受了。干革命被抓是常事,现在形势越来越不好,你们无论谁被抓去了，就是杀头，也不能泄漏党的秘密。”孩子们默默地点了点头。说完，邓惠中拉着张淑贞到里屋研究工作去了。

到了里屋，张淑贞趴在姑姑的肩上又哭了一场，她和邓诚从小青梅竹马，两小无猜。后来大了，有了姑娘们应该有的心事。她对邓诚，由崇敬到爱慕。邓诚也对她倾吐了衷肠，慢慢地这事也就公开化了。姑姑同意两人的婚事，说等革命胜利后让他们结婚。淑贞正盼着这一天的到来，没想到心上人被敌人抓去了。在悲痛中，张淑贞眼泪汪汪地给姑姑介绍了城里的情况。由于形势紧张，特务跟踪、盯梢，为保证联络站安全，她很少上街，知道的情况也较少。两人正在研究下一步如何收集情报，嘭嘭嘭！突然传来一阵敲门声。“谁呀？”叶芸问。“查户口的！”外边大喊。邓惠中一听势头不对，急忙过侧门进厨房。门被砸开，十几个持枪的国民党匪兵闯了进来。正在这些家伙搜查的当口，邓惠中冲出厨房，跑过通道，飞身跃过了屋后的一堵高墙。她悄悄躲起来，想第二天去找彭香，摸点详细情报。没想到，她被住在江西馆小学附近的一个姓刘的乡长发现了。这家伙对共产党恨之入骨，又想邀功请赏，到特务机关告了密。特务头子曹补之、县长肖银安、县党部书记陈而康听说邓惠中进了城，如临大敌，动员所有兵力，让特务、匪兵、乡丁一起出动，叫嚣“活着见人，死了见尸”，务必将邓惠中捕获。

县城宣布戒严，大街小巷布满匪兵、特务，邓惠中稍一活动，就有被捕的危险。就在第二天，她被两个特务盯上了。她知道事情不妙，有意绕了几个圈子，想找一个地方化一下装。在一个胡同的拐角处，她刚把一顶博士凉帽戴在头上，一声大喊传过来:“张兰君，收起你那一套吧！”她吃了一惊，抬头看去，乃是特务张大发，真是冤家路窄，怪不得这无赖竟呼出了自己儿时的名字。他端着手枪，斜愣着眼，冷笑着和另一个特务逼了过来。邓惠中一看退路没有了，急中生智，呼地将头上的博士凉帽摘下来，朝张大发脸上扔去。就在张大发一愣神的工夫儿，她手起枪响，一枪射中了这家伙的脑壳。另一个特务刚想动手，邓惠中跨上一步，一脚踢飞了他的手枪。紧接着就是一枪，将其击倒在地。听见枪声，匪兵、特务纷纷聚拢过来。邓惠中一看冲不出去，决定先隐蔽起来，路过几个院落都不好躲藏，只得一闪身进了一座烧香供佛的小庙。一个心地善良的老和尚发现了她，让她躲进了一处秘密的夹壁墙里。曹补之带领特务来庙里搜查时，老和尚正在做饭。

“香喷喷的，做什么饭啊？”一个特务搞恶作剧，把锅盖掀开扔到一边。

曹补之一看锅里煮的米多，起了疑心说:“煮这么多米饭给谁吃的？”

“我自己吃。”和尚战战兢兢地回答。

“别耍滑头了，你供不供？”特务头子拿枪逼着和尚。

“我供了，供了，是供了的嘛！”和尚连连回答。

“你供了，那女共产党邓惠中在哪里？”特务头子追问。

“啥子共产党嘛，我供的是如来佛，一天烧三次香！”

“不老实，吊起来打！”曹补之咆哮起来，同时招呼匪兵：“再给我搜！”

皮鞭的抽打声、和尚的哭叫声，一声声传到邓惠中的耳里。她再也待不下去了，于是整整衣服，凛然走了出来。

敌人怎么也想不到站在他们面前的这位文质彬彬的女校长，就是传说中夜行三四十里路，弹无虚发的“双枪老太婆”。

“邓校长，请！”曹补之一副得意的样子。

邓惠中昂着头，不理睬他。

“怎么，不认得了！”曹补之牙咬得嘎嘣响。

“认得，就是烧成灰也认得！”邓惠中毫无惧色。

特务把邓惠中押到县政府，当即进行了审讯。邓惠中只承认自己带领游击队打过地主老财，没有承认自己是共产党员，她想隐藏自己的党员身份。在特务叫了一个名叫陈永福的半瞎子和一个姓贺的学生来作证后，她承认了自己是共产党员，但不讲任何一点关于党组织的情况。

“邓惠中，你放明白点！到了这里就没有你的好。你说，你是吃敬酒，还是吃罚酒？”曹补之气势汹汹。

邓惠中针锋相对：“你们的什么酒我都不怕。共产党人死都不怕，还怕你这毛虫狗官？”

佛

“赶快交出共产党的负责人和共产党员名单！”曹补之不想纠缠，单刀直入。

“共产党员多得很，在解放区，在全世界！”邓惠中回答。

“别扯那么远，就交代岳池本地的！”

邓惠中严词拒绝。

曹补之为了达到目的，指示手下对邓惠中进行了十分残忍的刑讯，把她的一对大拇指捆钉在板凳上，将身子用麻绳绑在铁柱上，用麻绳做的鞭子抽打她，逼她交代。邓惠中坚强不屈，不仅不交代，还一声声“狗官狗官”地大骂。曹补之火冒三丈，叫手下加刑，用削尖的竹签子直接打进邓惠中双手指甲里。邓惠中十指鲜血直流，昏死过去。后来，曹补之还让特务当着她女儿的面审讯她，毒打她。

原来那天晚上，敌人没抓到邓惠中，把叶甲、叶芸、张淑贞一阵拳打脚踢之后，捆起来押进了岳池县监狱。

入狱后的一天晚上，两个国民党兵传叶芸去审讯。他们用枪顶着她的后背，经过黑森森的小道，走到县衙门后面的参议院里。一进门就听到一阵惨叫，这分明是妈妈的声音啊！原来妈妈也被捕了。她拼命往里冲，一只魔爪抓住她，把她推到旁边的一间屋子里。过了一会儿，才让她走进传出妈妈惨叫声的那间屋子。叶芸一进门就看见了坐在屋角凳子上的妈妈。短短几天时间，妈妈老了许多，脸上道道伤痕，衣服上血迹斑斑，但一双眼睛却仍然很有神，没有丝毫畏惧的神情。“妈妈！”叶芸哭着扑了过去，紧紧地依偎着她。邓惠中用手抚摸着女儿的背，轻轻地说：“芸儿，不要哭，抬起头来！你看看敌人是怎样审讯妈妈的吧！”

敌人开始审讯了。

“邓惠中，你是不是共产党员？”审讯的特务问。

“是！”邓惠中有力地回答。

“你的上级是谁？”

“我不告诉你！”

“穿什么衣服？”

“都穿蓝衣服，你们找去吧！”

“还有谁是党员？”

“不知道！”

“彭华秋、张振英是不是党员？”特务又问。

“都不是！”邓惠中干脆回答。

“你为什么一点不讲你们组织内部的情况？”

“我们共产党人有自己的规矩和习惯！”

“人在屋檐下，谁个不低头，你们共产党也没有什么特殊的！”

“我们共产党员就是特殊的，只为人类造福，不为人类造祸！”邓惠中义正词严。

特务气急了，恶狠狠地说：“不说，不说砍你全家的脑袋！”

邓惠中斩钉截铁地说:“要砍要杀随你们的便!”特务见没有丝毫结果,只好暂停审讯,转过来吓唬叶芸。一个穿便衣的家伙说:“你妈妈就要转移到别的地方去,你跟不跟她去?”邓惠中明白,敌人说的所谓转移,常常是秘密处决。她愤怒地说:“难道你们连个孩子也不放过吗?”敌人不理睬邓惠中,硬把叶芸从她身边拉开。当特务把母女俩带出去时,邓惠中想对女儿说点什么,但刚要开口,匪兵一下子把她推到了一边,凶狠地说:“不许说话!”

严刑拷打无济于事,敌人改用劝降,县长肖银安亲自出马了。

“邓校长,前几天让你受苦了。那都是曹主任安排的,鄙人不知,抱歉得很哪!你是个妇道人家,又是知书达理有学问的人,何不到这边来干点事情。”县长假惺惺地劝说。

邓惠中据理力驳:“你们国民党统治中国二十多年,办了哪一件好事?男女平等喊了许多年,女子在政治上、经济上哪一点说得上平等?我是妇女,我首先要反对你们,打倒你们,不打倒你们,我们永远得不到解放!”

听了这话,县长气得七窍生烟,他撕破伪装的面孔,大喊道:“拉下去!拉下去!”

“慢着!”曹补之凶神恶煞地跳了出来,“邓惠中,你软硬不吃,自己不要命了,难道儿女的命也不要了?真是没有人性!”

“哼,你也配谈人性!你们国民党有什么人性?你曹补之有什么人性？你们发动内战，残害人民，涂炭生灵，人性何在！还谈人性呢，自己连一条狗都不如！”邓惠中辛辣地讥讽和痛骂这个两手沾满鲜血的刽子手。

曹补之气急了，上去打了邓惠中几个耳光。

邓惠中怒目圆睁，鲜血从嘴角流出。她噗地将一口血水啐到曹补之脸上。

“拉下去用重刑！拉下去用重刑！”曹补之声嘶力竭地大叫。

押走邓惠中，曹补之像癞皮狗般瘫坐在椅子上：“这个女匪首嘴硬得狠！”他两手一摊，向肖银安做出一副无可奈何的样子。

邓惠中被关进了大牢。一天，有人给她送来几件衣服。邓惠中抖落开看时，猛然发现一件衣服领上有“岳父来了”四个大字。

岳父？这不是彭华秋的代号吗？敌人现在到处抓共产党和进步群众，她不逃离，还钻到敌人网里来了。想到这里，邓惠中十分焦急。她知道狱外一些同志在惦念她，她不能眼见有人再为她而遭到敌人逮捕。

牢房又窄又小，只关她一个人，邓惠中强忍着疼痛站起来，一边一瘸一拐地来回走着，一边思考办法。晚上，狱外又送饭来了，吃完饭，邓惠中手捧着碗，突然灵机一动，从墙上拔下一根钉子，在碗底上写道：“岳父，家中无人，快回，有人找你。”

写后，邓惠中心里仍不踏实。碗能不能到彭华秋手里？她能否见到碗底上写的字？前几天敌人审讯自己，问彭华秋是不是党员，自己否认了。但这说明敌人已经怀疑到彭华秋了，如不让她远走高飞，怕是难以逃脱罗网。

一天，邓惠中又在思虑这个事。突然牢门前有个熟悉的人影一闪，“踏踏踏”跑过去了。“彭疯子，你干什么？”一个看守发问。“彭疯子”疯疯癫癫地在监狱的院子里跑了一圈，嘻嘻笑着说：“我是共产党，我给共产党送信来了，你们不抓我呀！”“去、去！”看守们谁也没想到这个常常见面的女疯子是共产党员。“听说你们抓了个双枪老太婆，莫不是两个脑壳，四只眼睛？咋个子模样嘛？”“自己看去，小心老太婆的子弹钻进你的脑壳！”一个看守用手指点着疯子的脑门说，其他几个都开心地笑了。

听到外面的对话，邓惠中警觉起来，急忙走到牢房门口。“彭疯子”在牢房门口出现了，蓬乱的头发，满脸污垢，只有那双眼睛闪着机警的光芒。看到自己的同志长期装疯，忍辱负重地为党工作，邓惠中肃然起敬。她此时顾不得多想什么，立即凑过去隔着栏杆悄悄说：“告诉组织，敌人兵力太多，防守严密，切不可攻打县城，赶快组织游击队转移。有许多党员暴露了，组织上要迅速采取应急措施。还有，敌人已经注意到彭华秋了，要立即安排她脱险……”疯子点了点头，也想说什么，一个巡逻的看守一枪托砸在她身上：“滚开，还没看够啊？”疯子嘻嘻笑着跑了。

一天，岳池女中学生彭华秋下了课，一个地下党的同志给她带来口信:“上面叫你马上离开岳池，转学证明、路费都给你准备好了。明天早上，荷花池旁边有人等你。”

第二天清早，彭华秋到了县城南门外荷花池边。她左顾右盼，不见接头的人来，正要走开，一个女疯子走过来悄声问道:“你是岳父吗？”彭华秋点了点头。疯子一反常“态”，微笑着说:“妹子，天气这么冷，到我那里玩一会儿。”彭华秋跟着走进疯子家，见屋里破烂不堪，十分脏乱，满腹狐疑地问:“你是谁？”疯子笑了笑说:“我是三拐李高小附近的女疯子，你不认得？”彭华秋想了一下忆起来了，她迟疑地说:“你的病……”疯子风趣地说:“说疯就疯，说好就好。”疯子的神情严肃起来:“邓惠中从狱中带出信来，让我把你转移到安全地方。这里有10块银圆和到广安女中的转学证明。你这就走，以后再联系。”

彭华秋逃脱了虎口，邓惠中在狱中的情况则发生了变化。一天晚上九点多钟，岳池县监狱出现一阵骚乱，监狱门外汽车的引擎声轰鸣。“邓惠中！”“邓诚！”邓叶芸在狱中听到敌人大声喊妈妈和哥哥的名字，急忙趴到窗口铁栏杆上往外看，只见妈妈和二哥被匪兵押着向外走。她哭了。

十七、魔窟里的斗争

1948年9月29日，邓惠中、邓诚和29名同志一起被押上囚车，他们每4人被捆在一起，由十多个特务押着出发了。从敌人的言谈中，邓惠中听出是将他们转移到另一个地方。她已经下了含笑去死的决心，到什么地方都不惧怕，因而并不太关心押往何处。牵动人心的，只有那离开故土、离开战友和亲人的思绪。

岳池县城，自己生活了30年，在这里上学，走上了革命道路。在江西馆小学，她教过多少学生已记不清了，许许多多幼稚可爱的面孔在面前闪现；长滩寺村，是生养自己的地方，那里回荡过自己少女时代的歌声；乡下的村村寨寨，有自己点燃的火种，那双半大脚留下了一串串的足迹。美丽可爱的故乡啊，灾难深重的故乡啊，为了使您从锁链下挣脱出来，女儿愿洒尽热血。有一天你能像解放区一样，蔚蓝的天空飘扬着鲜艳的红旗，女儿就是粉身碎骨，也死而无憾了。

她想华蓥山上的战友，近来仗打得是否顺利？同志们可曾安全？敌人不断增派兵力，我们的作战方针调整没有？应当分散灵活，避免和国民党军队正面冲突……

她想儿女们，自己和邓诚被押出来了。叶甲、叶芸、淑贞还在岳池监狱。原想革命胜利后能留下叶甲、叶芸，也许那只是美好的愿望了。在岳池县监狱，曾让一个有同情心的士兵交给叶芸一个纸条，上面写道：棉衣已请表娘为你做好，今年过冬不用发愁了。如能出来，要好好生活，好好学习……

她想丈夫福谦，福谦啊，你果真为革命捐躯了，做妻子的也没有苟且偷生！

邓惠中预料到不久将面临更严峻的考验。途中她低声对难友说："我们能跑就跑，跑不掉到监狱去同那些走狗斗争，胜利终归属于人民，黎明就在前头……"邓诚坐在离她不远的地方，她看见儿子坚毅的神色，投去赞赏的目光，满意地点了点头。

囚车经渠县，过大竹，由江北县过江，第三天驶进重庆西北郊一个黑色的山谷。"梆梆！梆梆！"粗犷、令人恐怖的竹梆声传来，车停了。邓惠中和难友们以后才知道，这就是活棺材、吃人魔窟渣滓洞监狱。

1942 年，美蒋以"交换对日作战情报"为名，建立了"中美特种技术合作所"这个庞大的特务组织。国民党军统特务头子戴笠任主任，美国特务、海军少将梅乐斯任副主任。他们选中了歌乐山下这处秘密的山谷。世世代代居住在这里的农民，“限半日内离境”，周围四五十里被高墙、碉堡、电网、岗哨、警卫严密地包围起来，任何人不能接近它。“中美特种技术合作所”内设置了许多专门用来囚禁革命者的集中营。美蒋特务用各种办法秘密杀害共产党人和革命志士，他们将惨遭杀害的革命者遗体埋在花园的花草下面，或用来喂警犬，或干脆抛进镪水池里，连尸骨也不让保存下来。

渣滓洞是“中美特种技术合作所”最大的集中营之一。邓惠中和难友们被押着向里走去。迈过一道又一道漆黑的铁门，在一间满挂着带血的刑具的办公室里，特务给每个人编上号码，然后再穿过一道高墙的黑门，里面是一个不大的院子。碉堡群就在高墙的上面，机枪正对着院里的每一个角落。院子的一边是一栋男牢房，楼上楼下两排密密麻麻的牢门，一共 16 间狱室;一边是一排平房，其中一间为女狱室。邓惠中被关进女狱室，其他 30 名同志被关进了楼上的狱室，邓诚在楼七室。

哐！牢的铁门上锁了。狱中的难友见又来了自己的同志，都起来迎接。她们中有《红岩》中孙明霞的原型曾紫霞、背叛反动家庭走上革命道路的女共产党员杨汉秀、中共川东临委书记王璞的爱人——纱厂女工出身的共产党员左绍英等。

通过交谈，难友们知道了邓惠中的身世，晓得她是华蓥山游击队的，纷纷聚拢过来要她谈武装暴动的情况。邓惠中看着眼前的同志，心情十分激动。

“竹筠！”她像慈母对待女儿一样动情地把江竹筠搂在怀里。邓惠中对彭咏梧同志久闻其名，却未见过一面。现在在这里看到了他的妻子。听说竹筠在彭咏梧牺牲后，告别重庆奔赴农村组织斗争，后被叛徒出卖，在监狱中以钢铁般的意志经受了敌人一次次酷刑折磨，邓惠中很喜欢这个只有 28 岁的党的女儿。

“绍英！”邓惠中紧紧拉着左绍英的手不愿松开。自己在王璞的领导下战斗，彼此很熟悉，却从未见过他的妻子。华蓥山暴动开始后，敌人到处搜捕王璞，一直找不到线索。绍英因为怀孕不便行走，隐蔽在她哥哥家里，她哥哥酒后失言，使她当天就被逮捕。因为拒绝说出王璞的地址、联络办法，她被敌人折磨得死去活来。战友有这么好的爱人，邓惠中心里由衷的高兴。

邓惠中看到难友们身上伤痕累累，知道她们都受了酷刑。女牢的隔壁就是刑讯室，里边有各种刑具：一根根竹签都有尺把长，一头有手指粗，另一头削得尖尖的，沉重的脚镣和手铐，又短又粗的弹簧钢鞭，五根一排的夹手指的竹筷，灌辣椒水用的橡皮球……刑具共有 130 多种。这里任何一种刑讯办法，岳池县监狱都望尘莫及。这里的敌人也更残酷，更狡猾，更没有人性。然而，这些都不能使邓惠中惧怕，她做好了充分的思想准备。

“邓惠中，出来！”入狱的第二天上午，特务恶狼般地嚎叫。邓惠中拉拉衣服，沉着冷静地走了出来。

国民党特务机关把邓惠中当作要犯，妄图从她身上得到华蓥山游击队的情况，进一步破坏党的组织，对游击队聚而歼之，早日扑灭华蓥山武装暴动这场熊熊大火。在渣滓洞监狱第一次审讯邓惠中，大特务头子徐鹏飞就跳了出来。

徐鹏飞凶恶、残暴、狠毒，根据自己变化不定的情绪，随时改变审讯办法。今天，他让特务把邓惠中押来审讯，旁边军警特务林立。“先打打这个女匪首的气焰！”徐鹏飞冷笑着对喽啰们说。

邓惠中站在院坝上，神色自若，她根本不把面前的特务放在眼里，还有意想气气这帮家伙。

“邓惠中，我徐某说话干脆，限你三分钟内交代华蓥山岳、武、广中共地下组织，否则，莫怪我手下无情！”

三分钟过去了，邓惠中没吭声。

“说！不说要你的老命！”徐鹏飞吼叫。

“要吃开口，要杀开刀，何必虚张声势！”邓惠中鄙视地回答。

“那，那，你死前得回答几个问题。”徐鹏飞嚣张的气焰受挫。

“可以！”邓惠中回答。

“你的上级是谁？”

“我的上级是毛泽东！”

“你发展了哪些人，他们现在在哪里？”

“他们都是劳苦群众，在华蓥山周围几百里的土地上。”

“每个人有什么特征？”

“有鼻子眼睛，都穿蓝衣服。你可以带人去抓嘛！”

徐鹏飞知道受了愚弄，这个丑丢得太大了。不仅旁边的特务都听见了，狱中关的人也全都看见了这个场面。他恼羞成怒，满脸横肉，眼中射出凶光:“拉下去，给我敲碎这个老太婆的骨头！”

拷打、用刑两个小时，邓惠中仍什么情况也不说。徐鹏飞又气又急，跑到刑讯室吼叫:“用我对付女犯人的老办法！”这个灭绝人性的家伙，为了达到目的，常常对女犯实施流氓手段。

徐鹏飞让特务把已吊打得满身是伤的邓惠中，用麻绳捆在一条长凳上，扒开她的上衣。

“卑鄙！”邓惠中骂道。

两个特务狞笑着，把猪鬃扎进乳头，像扎针一样捻着往里进。“啊！”邓惠中惨叫着昏死过去。

惨叫声传出刑讯室，牢中的难友都为邓惠中担心，心中也更加敬佩她。敌人的任何刑具和手段都征服不了共产党人的钢铁意志，邓惠中面对敌人凶残无耻的折磨，始终不透露党组织的任何情况。

徐鹏飞不甘失败，几天之后又提审邓惠中，妄图利用母子之情，以释放邓诚为条件，诱使邓惠中招供。

“邓惠中，邓诚是你的儿子吗？”徐鹏飞问。

“是。”邓惠中回答。

“你喜欢他吗？”又问。

“当然喜欢。我的儿子聪明、能干、懂事，我为何不喜欢他？”儿子是母亲的心头肉，何况邓惠中在几个孩子中又特别喜爱邓诚。邓诚被捕后，无论是在岳池，还是在渣滓洞，也都受了重刑，但他铁骨铮铮，什么情况也不讲。邓惠中为有这样的儿子而自豪。

“是嘛，是嘛，人同此心，心同此理。做父母的，谁不爱自己的儿子呢！我们决定把你儿子邓诚放了，但你要答应和我们合作，讲点你们组织的情况好不好？”徐鹏飞狡诈地笑着。

邓惠中早已识破了敌人的阴谋，眼里喷射出愤怒的火焰：“你休想从我嘴里套出一个字，快收起你那一套吧！”

“不说，马上把你的儿子邓诚杀了！”徐鹏飞威胁说。

“杀了他，他也是顶天立地的英雄！”

徐鹏飞黔驴技穷，让特务把邓惠中押回牢里。

在狱中，难友们将邓惠中视为尊敬的长者，亲切地称她邓妈妈。她那传奇般的经历、坚强的斗争意志、乐观主义精神，赢得了大家的爱戴。

一天，女牢又进来一位难友，她带给大家一个好消息：人民解

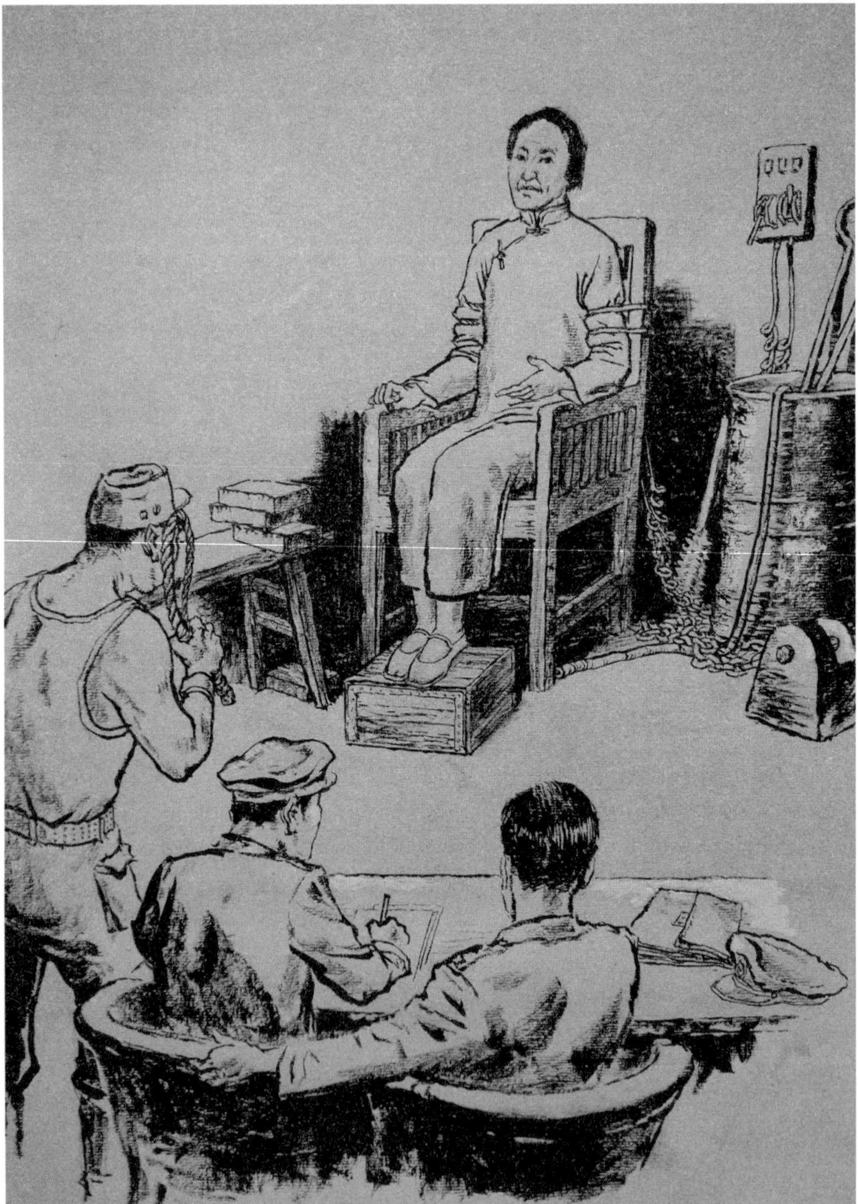

放军取得了辽沈战役的巨大胜利，伟大的淮海战役正在势如破竹地进行。大家心情激动，沉浸在胜利的喜悦之中。“要把这个消息告诉男牢房的难友，让大家都高兴高兴。”江竹筠提出后，难友们一致赞同。“把传递消息的任务交给我吧！”邓惠中很有信心地说，接着讲了传递消息的办法。

“当官的，这里长期缺水，我们的衣儿穿起锅巴了，还没得水洗。现在老天爷下了点雨，好不容易才洗了一回衣服，可晾在什么地方呀？”邓惠中向看守员报告。

“你们一下子洗那么多衣服，到哪里晾嘛！”看守员也为难。

“男牢房二楼栏杆上可以晾！”邓惠中见火候已到，忙说。

看守员同意了：“只准去一个人！”

邓惠中端着满满一木盆衣服，吃力地向楼上走去，心里暗自高兴。男牢房各狱室的难友见邓惠中走过来，都聚集到狱室窗口，悄悄地看着她。

楼上走廊里，邓惠中慢慢晾着衣服。她把衣服拧一拧，晾开，拉平，借弯腰的机会，回过头来小声说：“告诉大家一个好消息，我军取得了辽沈战役的伟大胜利，歼敌 47 万，解放了东北全境。淮海战役已经开始，胜利在望！”她晾几件衣服往前走一走，楼上几个狱室都知道了这个消息。在楼七室、楼八室前栏杆上晾衣服时，邓惠中的动作更慢了。“妈妈！”邓诚趴在窗口压低声音呼喊。他见妈妈面容憔悴，眼窝深陷，步履艰难，心中难受，但妈妈带来的消息却使他极为兴奋。“诚儿，你坚强，妈妈放心。”邓惠中只说了这么一句。七八室关着和邓惠中一道从岳池押来的同志，他们纷纷向她问候。

“邓惠中，磨磨蹭蹭干什么，赶快下楼！”看守员吼道。

以后，邓惠中用这种办法又传递了平津战役等胜利喜讯。狱中的难友受到鼓励，团结起来斗争的情绪更加高涨。

1949年春节前夕，人民解放军以排山倒海之势，直抵长江北岸。在党的领导下，渣滓洞的难友们决定在春节期间举行一次联欢会，庆祝人民解放战争的伟大胜利。

各个牢房都在偷偷准备节目。

女牢的难友们准备出大合唱、秧歌舞等几个节目。川东一带不大时兴扭秧歌，邓惠中对扭秧歌是陌生的。但她想到这是为了庆祝人民解放战争的伟大胜利，表达狱中革命者无比乐观的精神，就欣然加入了排练秧歌的行列。到底是年岁大了，腿脚已不那么灵便，加上又是半大脚，走起路来脚后跟先落地，学着在牢中扭了几趟，自己也觉得怪好笑的。

“开联欢会敌人能同意吗？”一些难友担心。

准备过程中，邓惠中等人也在为此事商量着。提出要公开和看守长李磊谈判，争取春节期间各室举行联欢活动的自由。邓惠中和

杨汉秀作为女室的代表参加了谈判。李磊觉得这是在活地狱里的穷高兴，成不了大气候，也就同意了。难友们在争取到这一条之后，又酝酿到时能把牢门打开，大家集中起来搞声势大的联欢。“让黄茂才帮一下忙吧！”有的同志提出。渣滓洞少尉看守黄茂才是佃农的儿子，经过曾紫霞、邓惠中等的启发教育，逐渐从祖辈受剥削凌辱的事实中觉醒。他从狱外给江竹筠带来云儿的照片，为党做了一些工作。

这天放风时，值日官黄茂才在院坝里来回踱步，女牢的曾紫霞和邓惠中走近他，悄声说:“难友们想春节联欢，庆祝庆祝，派我们同您商量。”“庆祝什么？”“辽沈战役和平津战役！”黄茂才叫她们不要声张，他要弄清看守所长李磊少校与看守组长徐贵林上蔚春节那天在不在。这两个家伙十分凶狠残暴，被难友们称为“猩猩”和“猫头鹰”，他俩决不会让她们到放风坝上联欢的。黄茂才终于摸清了他俩春节不在的信息，并争取到年初一当班。除夕那天，李磊、徐贵林一走，看守员也随即溜回城了，黄茂才马上把男女牢房门全部打开。

联欢会开始,节目丰富多彩。翻空心筋斗、叠罗汉、相声表演……邓惠中和女牢的难友们把绣花被面拆下来披在身上，五颜六色，煞是好看。他们排着队，江竹筠在前边，邓惠中在最后。队伍在院里走一圈后，扭起了欢快的秧歌，一边扭一边齐声唱起歌:

“正月里来是新春，

赶着猪羊出了门，

猪呀，羊呀，

送到哪里去呀，

——送给那英雄的解放军……”

“一心拥护朱总司令！

一心拥护解放军！

海呀海棠花！

玫呀玫瑰花！

一心拥护解——放——军！”

这是慰问解放军的歌声！在国民党统治区，这种歌唱不得，但在监狱里，却放声唱开了。邓惠中风趣地说:“我们搞联欢，还有人架着机枪给我们放哨呢！”和难友一起从斗争中获得了乐趣。

给难友们带来欢乐的还有“监狱之花”的诞生。由于敌人用刑震动了胎儿，左绍英没满7个月的孩子要提前出世了。“监狱之花”出生前，邓惠中就改制旧衣，将小衣服做好。出生后，又细心加以照料。“监狱之花”的母亲受敌人百般摧残，加上营养不良，缺少奶水，邓惠中吃饭时，把霉米饭、胡豆、黄豆细细嚼烂，一口一口喂进孩子嘴里。她还把“监狱之花”放到阳光和空气充足一点的风门口，和女牢房其他难友轮流看护。看着“监狱之花”一天天长大，在襁褓中睁着一双明亮的眼睛，邓惠中的心醉了，常常抱起来逗着玩，舍不得放手。一次难友们谈论全国解放后的美好前景，邓惠中紧紧地把“监狱之花”搂在胸前，动情地说:“宝宝呀，新生活是属于你们的，长大了可要用尽全力去创造呀！嘀，笑了。宝宝呀，我的话听见了吗？”

……

十八、永远活在人们心中

1949年，是革命形势大发展的一年。人民解放军摧枯拉朽，横扫千军如卷席，解放了绝大部分国土，国民党的统治土崩瓦解。10月1日，毛泽东主席在北京庄严宣布中华人民共和国成立。邓惠中和难友们为革命事业的巨大胜利而欢欣鼓舞，同时也做好应付突然事变的准备。因为黎明前总是黑暗的。欢乐和痛苦，胜利和流血，有时会一道来临。果然不出所料，11月14日，国民党高层专程飞来重庆，部署对共产党员和进步人士进行屠杀，对山城进行破坏，以及把大批特务潜伏在西南的罪恶计划。

同一天上午，渣滓洞女牢的江竹筠、邓惠中等难友正有说有笑地谈论着人民解放军向西南进军的消息，一群武装特务突然出现在女牢门口。“江竹筠收拾行李，马上转移！”特务吼道。

江竹筠知道最后的时刻到来了。她脱下囚衣换上自己的旗袍，外面套一件玫瑰色的短毛线衣，梳梳头发，然后平静地和难友们一个个握手告别。

邓惠中紧握着江竹筠的手，千言万语涌上心头，但她只说了一句:“竹筠，你先走一步，我们也会去的。”

“邓妈妈，你多珍重！”江竹筠说完，毅然地转身走出牢门。当天晚上，她和31名同志被敌人杀害于电台岚垭。

凶暴的残杀仍在继续。1949年11月27日，已经能隐约听到刘邓大军解放山城重庆的炮击声。就在这天，一场蓄谋已久、骇人听闻的血腥大屠杀开始了。下午四点多钟，敌人首先在白公馆动手。看见渣滓洞增派岗哨，特务、匪兵进进出出，邓惠中觉得情况有些异样，她做好了充分的思想准备。

当天晚上，邓惠中梳理好头发，换上洗干净的青布上衣，在铁窗旁站了许久许久，深情地凝视着东方，自言自语地说:“要是我能亲眼看见鲜艳的红旗在山城升起，死也无憾了。莫看敌人凶狂，他们的末日就要来了。”

晚上8点刚过，渣滓洞看守所所长李磊拿着名单，来女牢房提“犯人”。“邓惠中转移！”他恶狠狠地喊道。邓惠中知道最后的时刻到来了。这批被处决的24人中，就有她和她的儿子邓诚。敌匪宋连长指挥一队士兵，在松林坡把黑洞洞的枪口对准这些英烈。

“中国共产党万岁！”

“毛主席万岁！”

嗒嗒嗒嗒！密集的枪弹射来，邓惠中和难友们呼喊着口号，饮弹倒地。

邓惠中倒下的同时，她的儿子邓诚也倒在了血泊之中。这个年仅 18 岁的共产党员，同母亲一样，为人民解放事业奉献了年轻的生命。

半夜时分，渣滓洞的特务受命行动。两百多名共产党员和革命志士被锁在渣滓洞的黑牢里，成群的刽子手堵在每间牢房的风门边。突然，一声笛响，几十挺美制卡宾枪对着每个牢房的风门口嘶叫起来，枪弹像骤雨般地向室内倾泻。一时间，枪声、难友们的呼喊声和口号声交织在一起。

渣滓洞监狱的大屠杀整整进行了三个钟头。尸体一层一层堆积起来，鲜红的血，从死去的同志身上淌出，地上积起四五寸深的血水，它为新中国的万里蓝天又涂上一抹红霞。

三天之后，山城重庆回到了人民怀抱。解放的当天，成千上万的解放军战士和地下党员涌上了弹痕累累、尸横遍野的歌乐山山谷。苍松掩不住白骨，鲜血浸透了红岩，他们怀着敬意，清理邓惠中母子和所有遇难人员的遗体。重庆市委决定建立公墓，把烈士们安葬，同时修建烈士纪念塔，让人们永远记着他们。

残害烈士的凶手，后来自然都受到了人民的严厉制裁。人们也很想知道邓惠中烈士的亲人、战友的情况。

邓惠中的丈夫邓福谦没有在战场上牺牲，他在延安受训、入党，很快上了抗日前线。一次到敌占区搞宣传，与他同行的11人都被敌人抓去杀害了。他因为掉队在后边，得以幸免。邓惠中听到的丈夫牺牲的噩耗是由这件事引出的误传。邓福谦南征北战，1949年随军南下，先在武汉市民政局工作，后来到了暨南大学。1965年退休回岳池，1974年病故。他对邓惠中非常敬佩。50年代初，他曾到歌乐山下的烈士墓凭吊难妻、烈子。黄土抔抔，青草凄凄，邓福谦泪如雨下，当场赋诗三首：

一

凄风苦雨山河破，共求光明各分手。

中年双双入共产，保国何惜献我头。

二

学年来满缵母志，闯关赴难不迟疑。

长江吹起进军号，四川百姓着战袍。

三

狂澜难阻天将晓，迷雾山城雨潇潇。

做鬼有情随母去，弥恨无门迎父归。

直到1974年病逝前，邓福谦还在准备写关于妻子的回忆录，但夙愿未了，终成遗恨。

邓惠中的长子邓叶甲，1949年在合川（敌人把邓惠中、邓诚押往渣滓洞监狱后，将叶甲、叶芸、张淑贞押往合川监狱）被解放军营救出狱，解放后在岳池县公安局任社会调查员，1950 年随父亲到武汉，在武昌公安局从事技术工作。因积极努力，他很快入了党，被评为先进工作者。于 1960 年 7 月病逝，现武汉留有妻女。

女儿邓叶芸被解放军营救出狱后，去武汉父亲处求学。1952 年考入东北师范大学，毕业后分配到长春工作。她长期担任中学教员，后曾任区党委会副主任，有一个幸福的家庭。1983 年听到母亲被追认为烈士的消息后，她激动地写下了一首诗：

云开雾散旭日升，幸福不忘指路人；

有母有哥皆烈士，抗日打蒋立功勋。

丹心向着共产党，血染国旗星更明；

长眠地下应含笑，革命还有后来人。

后来组织上根据她年幼就随母亲站岗放哨的经历，确认她 9 岁就参加革命工作，并颁发了革命资历证书。她退休后，多次被邀请给青少年宣讲母亲的故事，积极从事革命传统教育活动。今年 87 岁的老人家，还是一名为社区服务的志愿者。

侄女张淑贞出狱后，参加革命工作，当过县公安局局长，生活道路比较坎坷。

邓惠中的战友、上级领导人王璞领导华蓥山武装暴动，在行军作战途中，因一游击队员手枪走火，中弹牺牲，遗骨 1957 年移葬于武胜县烈士陵园。川东人民永远记着这个为党的事业献出自己和全家生命的解放战争时期党在四川的负责人。

邓惠中的战友朱光璧等在战斗中迎来了四川解放。他们每年清明节都要到烈士墓献花，寄托对邓惠中等烈士的哀思。

邓惠中等烈士牺牲一个半月之后，重庆市各界人民在青年宫大礼堂举行“一一·二七”殉难烈士追悼大会。刘伯承司令员和邓小平政委披着战地的硝烟，匆匆赶来祭奠英烈。

1958 年，杨益言、罗广斌在党组织的支持下，动手写《红岩》。他们曾经被关进渣滓洞监狱，在狱中，亲眼看到革命者所进行的不屈不挠的斗争，听到过关于烈士们许许多多的动人事迹。当时难友们相约:无论谁能出狱，都要把狱中革命者英勇斗争的事迹写出来，让后代知道先辈们是怎样和国民党反动派进行斗争的。现在，这副担子落在了他们肩上。

他们搜集了大量素材后，进入了含辛茹苦的创作阶段。一提起笔，英烈们的形象就浮现在眼前。于是以这些烈士为生活原型，塑造了“江姐”“华为”“许云峰”“刘思杨”等等光辉的艺术形象。其中，使敌人闻风丧胆、为亿万读者尊敬和爱戴的“双枪老太婆”，就是以邓惠中为生活原型之一，经过艺术加工，出现在《红岩》小说之中的。

1983 年党的生日前夕，新华社、中央人民广播电台同时播放重要消息:在国民党1949年“一一·二七”大屠杀中牺牲的《红岩》中“双枪老太婆”的生活原型邓惠中等90人，被追认为烈士。

重庆“中美特种技术合作所”美蒋罪行展览馆四处发电报、写信，派人寻找邓惠中烈士的照片，提出无论照于何时，不论单人、合影，不管清晰、模糊，一律都要。最后终于在远居东北的邓叶芸的樟木箱底，找到了邓惠中唯一的一张一寸小照。邓叶芸把照片用塑料纸包了一层又一层，珍藏了几十年。

一个秋阳高照的上午，渣滓洞遇难烈士纪念馆的两名工作人员怀着崇敬的心情，把经过复制、放大了的邓惠中烈士的照片镶嵌在镜框中，挂在纪念馆展览室里。讲解员怀着激动的心情，向参观者介绍邓惠中烈士的一生。在她的照片前，人头攒动，人们都想一睹这位叱咤风云的英雄的风采，同时也迫切想知道她和“双枪老太婆”有哪些相同，又有哪些不同，她的一生有着怎样不平凡的经历……

1983年11月2日，秋雨初歇的歌乐山下，薄雾蒙蒙、翠柏环绕的烈士陵园显得格外肃穆。九时许，数以万计的青少年，以及来自全国各地的“中美特种技术合作所”遇难烈士的家属、脱险同志，会集在“中美特种技术合作所”死难烈士墓前，举行纪念烈士殉难34周年活动。在这人潮中，有邓惠中烈士的女儿邓叶芸及其爱人——东北师范大学教育系讲师傅亚宾，他们专程从长春赶来，胸前各戴一朵小白花。当大会宣读遇难烈士名单，读到邓惠中的名字时，他们大滴大滴的泪珠滚落下来，这是激动、幸福、喜悦的泪水啊！

在第二天重庆市委召开的遇难烈士家属座谈会上，叶芸见到了《红岩》中华子良的生活原型韩子栋，也就是书里写的“爸爸”。韩子栋虽然年过七旬，但身板却很硬朗，老人家抑制不住内心的激动，拉着邓叶芸和傅老师的手，诙谐而又兴奋地说:“来来来，和我书上的女儿、女婿合个影吧！”照相机快门咔嚓一声，摄下了这难忘的一瞬。照完相，老人缓缓地说:“我虽然没见过你妈妈，但知道她许多事迹，很敬佩她，她很了不起！她要是能活到现在，那该有多好啊！”语调深沉，充满怀念之情。

是啊，邓惠中烈士要是活到今天，她膝下儿女欢聚，会有一个多么幸福的晚年。然而，为了人民的幸福，为了壮丽的共产主义事业，在 45 岁那一年，她舍生取义，头也不回地走了！

面对烈士的崇高行为，我们活着的人应当受到哪些启发呢？我们又该如何告慰包括邓惠中在内的无数先烈们的在天之灵呢？

让我们坚定理想信念，坚守纯洁的党性原则，牢记为人民服务的宗旨，以先烈为榜样，踏着烈士的足迹前进，为实现中华民族伟大复兴的中国梦去努力奋斗吧！

附录：邓惠中烈士年表

1904年阴历七月初四，出生于四川省岳池县长滩寺村张家湾墩子。

1920年与邓福谦结婚。

1927年入岳池县女子师范学校读书，改姓张为姓邓。

1930年从岳池女子师范学校毕业，任江西馆小学教员。

1931年生孪生子叶甲（邓永义）、叶拆（邓诚）。

1933年生女儿叶芸。

1938年秋送丈夫邓福谦去延安。

1939年在南充青居乡加入中国共产党。

1941年至1944年，先后在武胜县新场乡（新中国成立后划归岳池县）、岳池县阳和乡、白庙乡、杨柳乡等乡村小学教书，从事革命活动。

1945年返县城，任江西馆小学校长。

1946 年经党组织批准，加入中国民主同盟。

1948 年 8 月参加著名的华蓥山武装暴动。

1948 年 9 月在岳池县城被捕，当月被押往重庆渣滓洞监狱。

1949 年 11 月 27 日和儿子邓诚一起在渣滓洞大屠杀中英勇就义。

1983 年被追认为革命烈士。

图书在版编目（CIP）数据
跟着妈妈去战斗：双枪老太婆邓惠中烈士故事 / 樊希安著. -- 长春：吉林人民出版社, 2020.9（2024.1重印）
ISBN 978-7-206-17574-9

Ⅰ. ①跟… Ⅱ. ①樊… Ⅲ. ①纪实文学—中国—当代 Ⅳ. ①I25

中国版本图书馆CIP数据核字（2020）第187095号

出品人：常　宏
选题策划：吴文阁
统　　筹：李相梅
责任编辑：葛　琳
助理编辑：丁　昊
封面设计：尤　雷

跟着妈妈去战斗：双枪老太婆邓惠中烈士故事
GEN ZHE MAMA QU ZHANDOU SHUANG QIANG LAOTAIPO DENG HUIZHONG LIESHI GUSHI

著　　者：樊希安
出版发行：吉林人民出版社（长春市人民大街7548号 邮政编码：130022）
咨询电话：0431-85378007
印　　刷：北京一鑫印务有限责任公司
开　　本：787mm × 1092mm 1/32
印　　张：6.5　　字　　数：180千字
标准书号：ISBN 978-7-206-17574-9
版　　次：2020年9月第1版　　印　　次：2024年1月第2次印刷
定　　价：49.80元